デカ文字文庫
舵社

アラビアンナイト

菊池寛

この作品には不適切と思われる表現がありますが、
作品の文化的な価値を考慮し原文のまま掲載いたしました。

目次

アラジンとふしぎなランプ

昔、しなの都に、ムスタフという貧乏《びんぼう》な仕立屋《したてや》が住んでいました。このムスタフには、おかみさんと、アラジンと呼ぶたった一人の息子《むすこ》とがありました。

　この仕立屋は大へん心がけのよい人で、一生けんめいに働きました。けれども、悲しいことには、息子が大《だい》のなまけ者で、年が年じゅう、町へ行って、なまけ者の子供たちと遊びくらしていました。何か仕事をおぼえなければならない年頃になっても、そんなことはまっぴらだと言ってはねつけますので、ほんとうにこの子のことをどうしたらいいのか、両親《りょうしん》もとほうにくれているありさまでした。

　それでも、お父さんのムスタフは、せめて仕立屋にでもしようと思いました。それである日、アラジンを仕事場《しごとば》へつれて入って、仕立物《したてもの》を教《おし》えようとしましたが、アラジンは、ばかにして笑っているばかりでした。そして、お父さんのゆだんを見すまして、いち早くにげ出してしまいました。お父さんとお母さんは、すぐに追っかけて出たのですけれど、アラジンの走り方があんまり早いので、もうどこへ行ったのか、かいもく、姿《すがた》は見えませんでした。

「ああ、わしには、このなまけ者をどうすることもできないのか。」

ムスタフは、なげきました。そして、まもなく、子供のことを心配のあまり、病気になって、死んでしまいました。こうなると、アラジンのお母さんは、少しばかりあった仕立物に使う道具《どうぐ》を売りはらって、それから後は、糸をつむいでくらしを立てていました。

さて、ある日、アラジンが、いつものように、町のなまけ者と一しょに、めんこをして遊んでいました。ところがそこへ、いつのまにか背《せい》の高い、色の黒いおじいさんがやって来て、じっとアラジンを見つめていました。やがて、めんこが一しょうぶ終った時、そのおじいさんがアラジンに「おいで、おいで」をしました。そして、

「お前の名は何と言うのかね。」と、たずねました。この人は大へんしんせつそうなふうをしていましたが、ほんとうは、アフリカのまほう使でした。

「私の名はアラジンです。」

アラジンは、いったい、このおじいさんはだれだろうと思いながら、こう答えました。

「それから、お前のお父さんの名は。」また、まほう使が聞きました。

「お父さんの名はムスタフと言って、仕立屋でした。でも、とっくの昔に死にましたよ。」

と、アラジンは答えました。すると、この悪者のまほう使は、

「ああ、それは私の弟だ。お前は、まあ、私の甥《おい》だったんだね。私は、しばらく外国へ行っていた、お前の伯父《おじ》さんなんだよ。」

と言って、いきなりアラジンをだきしめました。そして、

「早く家へ帰って、お母さんに、私が会いに行きますから、と言っておくれ。それから、ほんの少しですが、と言って、これをあげておくれ。」と言って、アラジンの手に、金貨《きんか》を五枚にぎらせました。

アラジンは、大いそぎで家へ帰って、お母さんに、この伯父さんだという人の話をしました。するとお母さんは、

「そりゃあ、きっと、何かのまちがいだろう。お前に伯父さんなんか、ありゃあしないよ。」と、言いました。

しかし、お母さんは、その人がくれたという金貨を見て、ひょっとしたら、そのおじいさんはしんるいの人かもしれない、と思いました。それで、できるかぎりのごちそうをして、その人が来るのを待っていました。

まもなくアフリカのまほう使は、いろいろめずらしい果物《くだもの》や、おいしいお菓子をどっさりおみやげに持って、やって来ました。

「なくなった、かわいそうな弟の話をしてください。いつも弟がどこに腰《こし》かけていたか、教えてください。」

と、まほう使は、お母さんとアラジンに聞きました。

お母さんは、いつもムスタフが腰《こし》かけていた、長いすを教えてやりました。

するとまほう使は、その前にひざまずいて、泣きながらその長いすにキッスしました。それで、お母さんは、この男はなくなった主人の兄さんにちがいない、と思うようになりました。ことに、このまほう使が、アラジンをなめるようにかわいがるのを見て、なおさら、そうときめてしまったのでした。

「何か、仕事をしているかね。」まほう使がアラジンにたずねました。

「まあ、ほんとうに、おはずかしゅうございますわ。この子は、しょっちゅう町へ行って、遊んでばかりいまして、まだ何にもしていないのでございますよ。」

お母さんが手をもみながら、そう答えました。

アラジンは、伯父《おじ》さんだという人が、じっと自分を見つめているので、はずかしそうに、うつむいていました。

「何か仕事をしなきゃあいけませんな。」

まほう使は、こうお母さんに言っておいて、さて、こんどはアラジンに、

「お前はいったい、どんな商売がしてみたいのかね。私はお前に呉服店《ごふくみせ》を出さ

せてあげようと思っているのだが。」と、言いました。

アラジンは、これを聞くと、うちょうてんになってよろこびました。

あくる日、伯父さんだという人は、アラジンに、りっぱな着物を一そろい買って来てくれました。アラジンは、それを着て、この伯父さんだという人につれられて、町じゅうを見物して歩きました。

その次の日もまた、まほう使はアラジンをつれ出しました。そして、こんどは、美しい花園《はなぞの》の中を通りぬけて、田舎《いなか》へ出ました。二人はずいぶん歩きました。アラジンは、そろそろくたびれはじめました。けれども、まほう使がおいしいお菓子《かし》や果物《くだもの》をくれたり、めずらしい話を次から次と話して聞かせてくれたりするものですから、大してくたびれもしませんでした。そんなにして、とうとう二人は山と山との間の深い谷まで来てしまいました。そこでやっと、まほう使が足をとめました。

「ああ、とうとうやって来たな。まず、たき火をしようじゃあないか。かれ枝を少し拾《ひろ》って来ておくれ。」と、アラジンに言いました。

　アラジンはさっそく、かれ枝を拾いに行きました。そして、すぐ両手にいっぱいかかえて、帰って来ました。まほう使は、それに火をつけました。かれ枝は、どんどんもえはじめました。おじいさんはふしぎな粉《こな》を、ポケットから出しました。それから、口の中で何かぶつぶつ言いながら、火の上にふりかけました。すると、たちまち大地がゆれはじめました。そして、目の前の地面がぱっとわれて、大きな、まっ四角な平たい石があらわれてきました。その石の上には、輪《わ》がはまっていました。

　アラジンはこわがって、家へ走って帰ろうとしました。けれども、まほう使はそうはさせませんでした。アラジンのえりがみをつかんで、引きもどしました。

「伯父さん、どうしてこんなひどいことをするんです。」アラジンは泣きじゃくりながら見上げました。

「だまって、私の言う通りにすればいい。この石の下には宝物《たからもの》があるのだ。それをお前に分けてやろうというのだ。だから私の言う通りにおし。すぐに出て来るからな。」

と、まほう使が言いました。

宝物と聞くと、アラジンは今までのこわさはすっかり忘れて、よろこんでしまいました。そして、まほう使の言う通りに、石の上の輪に手をかけると、石はぞうさなく持ち上りました。

「アラジンや、ごらん。そこに下へおりて行く石段が見えるだろう。お前が、その石段をおりきるとね、大広間《おおひろま》が三つならんでいるんだよ。その大広間を通って行くのだが、その時、外套《がいとう》がかべにさわらないように気をつけなきゃあいけないよ。もしさわったが最後、お前はすぐに死んでしまうからね。そうして、その大広間を通りぬけると、果物畠《くだものばたけ》があるのだよ。その中をまた通りすぎると、つきあたりに穴ぐらがある。その中に一つのランプがとぼっているからね、そのランプをおろして、中の油を捨《す》てて持ってお帰り。」

まほう使はこう言いながら、おまもりだといって、まほうの指輪《ゆびわ》をアラジンの指にはめてくれました。そして、すぐに出かけるようにと命令《めいれい》しました。

アラジンは、まほう使の言った通りにおりて行きました。何もかも、まほう使が言った通りのものがありました。アラジンは三つの大広間と果物畠を通りぬけて、ランプのあるところまで来ました。そこで、ランプをとって油を捨てて、だいじにふところにしまってから、あたりを見まわしました。

アラジンは、ゆめにさえこんな見事な果物畠は見たことがありませんでした。なっている果物がいろいろさまざまの美しい色をしていて、まるでそこら一面、にじが立ちこめたように見えるのです。すきとおって水晶《すいしょう》のようなのもありました。まっ赤《か》な色をしていて、ぱちぱちと火花をちらしているのもありました。そのほか緑、青、むらさき、だいだい色なんどで、葉はみんな金と銀とでできていました。この果物は、ほんとうはダイヤモンドや、ルビーや、エメラルドや、サファイヤなどという宝石《ほうせき》だったのですが、アラジンには気がつきませんでした。けれども、あんまり見事《みごと》だったものですから、帰りにこの果物をとって、ポケットに入れておきました。

アラジンがやっと石段《いしだん》の下までたどりついた時、地の上では、まほう使が一心に下の方を見つめて待っていました。そしてアラジンが石段をのぼりかけると、

「早く、ランプをおよこし。」と言って、手をのばしました。

「私が持って出るまで待ってくださいな。出たらすぐにあげますから。ここからじゃとどかないんですもの。」と、アラジンは答えました。

「もっと手を持ち上げたらとどくじゃないか。さあ、早くさ。」

おじいさんは、おこった顔《かお》をしてどなりつけました。

「すっかり外へ出てから渡《わた》しますよ。」アラジンは同じようなことを言いました。

すると、まほう使は、はがゆがってじだんだをふみました。そして、ふしぎな粉《こな》をたき火の中へ投げこみました。口の中で何かぶつぶつ言いながら。そう

すると、たちまち石がずるずるとふたをしてしまい、地面の上へかえる道がふさがってしまったのでした。アラジンはまっ暗な地の下へとじこめられてしまいました。

これで、そのおじんさんは、アラジンの伯父さんではないということがはっきりとわかりました。このまほう使は、まほうの力によって遠いアフリカで、このランプのことをかぎつけたのでした。このランプは大へんふしぎなランプなのです。そのことは、読んでゆくにしたがって、だんだん皆さんにわかってくるでしょう。しかし、このまほう使は、自分でこのランプをとりに行くことはできないのでした。だれかほかの人がとって来てやらなければ、だめなのでした。それで、アラジンにつきまとったわけです。そして、ランプさえ手に入ったら、アラジンを殺《ころ》してしまおう、と思っていたのでありました。

けれども、すっかりあてがはずれてしまいましたので、まほう使はアフリカへ帰ってしまいました。そして長い長い間、しなへは、やって来ませんでした。

さて、地の下へとじこめられたアラジンは、どこかにげ道はないかと、あの大広間《おおひろま》や果物畠《くだものばたけ》の方へ行ってみましたが、地面の上へかえって行く道はどこにもありませんでした。二日《ふつか》の間アラジンは泣きくらしました。そして、どうしても地の下で死んでしまわなきゃならないのだと思いました。そして、両方の手をしっかりとにぎりあわせました。その時、まほう使がはめてくれた指輪《ゆびわ》にさわったのでした。

すると、たちまち大きなおばけが、床《ゆか》からむくむくとあらわれ出て、アラジンの前に立ちはだかりました。そして、

「坊《ぼっ》ちゃん、何かご用でございますか。私は、その指輪の家来《けらい》でございます。ですから、その指輪をはめていらっしゃる方のおっしゃる通りに、しなければならないのでございます。」と、言うのです。アラジンはとび上るほどよろこびました。そして、

「私の言うことなら、どんなことでも聞いてくれるんだね。よし、じゃ、こん

なおそろしいところからすぐつれ出しておくれ。」と、こうたのみました。

そうすると、すぐに地面へ上る道が開きました。そして、あっというまに、もう自分の家の戸口まで帰っていました。お母さんがアラジンが帰ったので、涙を流してよろこびました。アラジンもお母さんにだきついて、何度も何度もキッスしました。それから、お母さんにこの間からのいちぶしじゅうを話そうとしましたが、お腹《なか》がぺこぺこでした。

「お母さん、何かたべさせてくださいな。私はお腹がぺこぺこで死にそうなんです。」と、アラジンが言いました。

お母さんは、

「ああ、そうだろうとも、ねえ。だがこまったよ、もう家の中には、少しぽっちの綿《わた》よりほかには何にもないんだよ。ちょっとお待ち、この綿を売りに行って、そのお金で何か買って来てあげよう。」と、言いました。

するとアラジンは、

「お母さん、待ってください。いいことがあります。綿を売るよりも、この、私の持って帰ったランプをお売りなさいな。」と言って、あのランプを出しました。

けれども、ランプは大へん古ぼけていて、ほこりまみれでした。少しでもきれいになったら、少しでも高く売れるだろうと思って、お母さんはそれをみがこうとしました。

しかし、お母さんが、そのランプをこするかこすらないうちに、大きなまっ黒いおばけが、床《ゆか》からむくむくと出て来ました。ちょうど、けむりのように、ゆらゆらとからだをゆすりながら、頭が天じょうへとどくと、そこから二人を見おろしました。

「ご用は何でございますか。私はランプの家来《けらい》でございます。そして私はランプを持っている方の言いつけ通りになるものでございます。」と、そのおばけが言いました。

アラジンのお母さんは、このおばけを見た時、こわさのあまり気をうしなってしまいました。アラジンは、すぐお母さんの手からランプを引ったくりました。そしてふるえながら、自分の手に持っていました。

「ほんの少しでもいいから、たべるものを持っておいで。」

アラジンは、やっぱりふるえながら、こう言いました。おそろしいおばけが、やっぱり天じょうからにらみつけていたものですから。が、その時、ランプの家来は、しゅっとけむりを立てて消えてゆきました。けれども、またすぐに、金のお皿《さら》の上に上等《じょうとう》のごちそうをのせて、あらわれて来ました。

この時、アラジンのお母さんは、やっと気がつきました。けれども、このごちそうをたべるのを、大へんこわがりました。そして、すぐにランプを売ってくれと、アラジンにたのみました。あのおばけが、きっと何か悪いことをするにちがいないと考えたものですから。けれどもアラジンは、お母さんのこわがっているのを笑いました。そして、このまほうのランプと、ふしぎな指輪《ゆびわ》の使い方がわかったから、これからは、この二つをうまく使って、くらしむきのたすけにしようと思う、と言いました。
二人は金のお皿を売って、ほしいと思っていたお金を手に入れました。そして、それをみんな使ってしまった時、アラジンはランプのおばけに、もっと持って来いと言いつけました。こうして、親子は何年も何年も楽しくくらしていました。

さて、アラジンの住んでいる町にあるお城《しろ》の王さまのお姫《ひめ》さまは、大へん美しい方だということでした。アラジンも、このうわさを聞いていましたので、どうにかしてお姫さまを一度おがみたいと思っていました。それで、いろいろお姫さまをおがむ方法を考えてみましたけれど、どれもこれもみんなだめらしく思われるのでした。なぜかというと、お姫さまは、いつも外へお出ましになる時は、きまったように、深々とベールをかぶっていらっしゃったからであります。けれども、とうとう、ある日、アラジンは王さまの御殿《ごてん》の中へ入ることができました。そして、お姫さまがゆどのへおいでになるところを、戸のすきまからのぞいてみました。

それからアラジンは、お姫さまの美しいお顔が忘れられませんでした。そしてお姫さまがすきですきでたまらなくなりました。お姫さまは夏の夜のあけ方のように美しい方でした。アラジンは家へ帰って来て、お母さんに、

「お母さん、私はとうとうお姫さまを見て来ましたよ。お母さん、私はお姫さまをおよめさんにしたくなりました。お母さん、すぐに王さまのお城へ行って、お姫さまをくださるようにお願《ねが》いしてください。」と言って、せがみました。

お母さんは、息子のとほうもない望みを聞いて笑いました。そしてまた、アラジンが気ちがいになったのではないかと思って、心配もしました。しかし、アラジンはお母さんが「うん」と言うまではせがみ通しました。

それで、お母さんは、あくる日、王さまへのおみやげに、あのまほうの果物をナフキンにつつんで、ふしょうぶしょうにお城へ出かけて行きました。お城

には、たくさんの人たちがつめかけて、うったえごとを申し出ておりました。お母さんは何だかいじけてしまって、進み出て自分のお願いを申し上げることができませんでした。だれもまた、お母さんに気がつきませんでした。そうして、毎日々々、お城へ出かけて行って、やっと一週間めに王さまのお目にとまりました。王さまは大臣《だいじん》に、

「あの女は何者だな。毎日々々、白いつつみを持って、来てるようだが。」と、おたずねになりました。

それで大臣は、お母さんに王さまの前へ進むように申しました。お母さんは、少し進んで、地面の上へひれふしてしまいました。

お母さんは、あんまりおそれ多いので、何も言うことができませんでした。けれども、王さまが大そうおやさしそうなので、やっと勇気《ゆうき》を出して、アラジンにお姫さまをいただきたいとお願いしました。それから、

「これはアラジンが王さまへのささげ物でございます。」と言って、まほうの果

物をつつみから出して、さし上げました。

　あたりにいた人々は、こんなりっぱな果物《くだもの》を生れて一度も見たことがなかったものですから、びっくりして声を立てました。果物はいろいろさまざまに光りかがやいて、見ている人たちがまぶしがるほどでした。

　王さまもおおどろきになりました。そして大臣《だいじん》を別のへやへお呼びになって、

「あんなすばらしいささげ物をすることができる男なら、姫をやってもいいと思うが、どうだろうな。」と、ご相談《そうだん》なさいました。

　ところが大臣は、ずっと前から、お姫さまを自分の息子のおよめさんにしたいと思っていたものですから、

「そんなにいそいで約束《やくそく》をあそばないで、もう三月《みつき》ほど、待たせなさいまし。」

と、申し上げました。王さまも、なるほどそうだとお思いになりました。それで、アラジンのお母さんに、もう三月待ったら、姫をやろう、とおっしゃいました。

　アラジンは、お姫さまがいただけると聞いて、自分くらい仕合《しあわ》せ者はないと思いました。それからは、一日々々が矢のように早くすぎてゆきました。ところが、それから二月もすぎたある夕方、町じゅうが大そうにぎやかなことがありました。アラジンは何事かと思って人にたずねました。するとその人は、今《こん》晩《ばん》、お姫さまが、大臣の息子のところへおよめにいらっしゃるからだ、と教えてくれました。

　アラジンはまっ赤《か》になっておこりました。そしてすぐ家へ帰って、まほうのランプをとり出してこすりました。すると、じきにあのおばけが出て来て、何をいたしましょうかと聞きました。

「王さまのお城へ行って、お姫さまと、大臣の息子をすぐつれて来い。」と、言いつけました。

　たちまちおばけは御殿《ごてん》へ行って、二人をつれて帰って来ました。そしてこんどは、

「大臣の息子をこの家からつれ出して、朝まで外で待たしておけ。」と、命令《めいれい》しました。

お姫さまはこわがって、ふるえていました。けれども、アラジンは、けっしてこわがらないでください、私こそはあなたのほんとうのおむこさんなのでございます、と申し上げました。

あくる朝早く、アラジンの言いつけた通りに、おばけは、大臣の息子をつれて家の中へ入って来ました。そして、お姫さまと一しょにお城へつれて帰りました。

それからまもなく王さまが、

「お早う。」と言って、お姫さまのおへやへ入っていらっしゃいますと、お姫さまは涙をぽろぽろこぼして泣いていらっしゃいました。そして大臣の息子は、ぶるぶるふるえていました。

「どうしたのかね。」と、王さまがおたずねになりました。けれども、お姫さまは泣いていて、何にもおっしゃいませんでした。

その晩もまた、同じようにアラジンはおばけに言いつけて、二人をつれて来させました。そしてもう一度、大臣の息子を家の外に立たせておきました。

次の日もやはり、お姫さまが泣いていらっしゃるのを見て、王さまは大そうおおこりになりました。そして、お姫さまが何を聞いても、やっぱりだまっていらっしゃるので、なおなおおこっておしまいになりました。

「泣くのをおやめ、そして早くわけをお話し。話さないと殺してしまうよ。」と、おしかりになりました。

それで、やっとお姫さまは、おとといの晩からの出来事《できごと》を、すっかりお話しになりました。大臣の息子はふるえながら、どうぞおむこさんになるのをやめさせてくださいまし、とお願いしました。もうもう一晩だって、あんな目にあうのは、いやだと思ったものですから。

そういうわけで、ご婚礼《こんれい》はおとりやめになりました。そしていろんなお祝いもないことになりました。

さて、いよいよ約束《やくそく》の三月の月日がたってから、アラジンのお母さんは、王さまの前へ出ました。それで、やっと王さまは、お姫さまをこの女の息子にやると、お約束なすったことを、お思い出しになりました。

「それでは、わしが言った通りにすることにしよう。だが、わしの娘《むすめ》をおよめさんにする者は、四十枚の皿《さら》に宝石《ほうせき》を山もりにして、それを四十人の黒んぼのいいどれいに持たせてよこさなければいけない。そして王さまの召使らしい、りっぱな着物を着た西洋人のどれいが、その黒んぼのどれいの手を引いて来るのだぞ。」

と、おっしゃいました。

アラジンのお母さんは、こまったことになったと思いながら家へ帰って来て、アラジンに王さまのお言葉をつたえました。

「アラジンや、そんなことは、とてもできないことじゃないかね。」

そう言ってため息《いき》をつきました。するとアラジンは、

「いいえ、お母さん、だめじゃありませんよ。王さまにはすぐおおせの通りにしてごらんに入れますよ。」と、いさぎよく言いました。

それから、まほうのランプをこすりました。そしておばけが出て来た時、宝石を山もりにした四十枚のお皿と、王さまが言われただけのどれいをつれて来いと言いつけました。

さて、それから、このりっぱな行列《ぎょうれつ》が町を通ってお城へ向いました。町じゅうの人々はぞろぞろと見物《けんぶつ》に出て来ました。そしてみんな、黒んぼのどれいが頭の上にのせている、宝石を山もりにした金のお皿を見て、びっくりしました。お城へついて、どれいたちは王さまに宝石をさし上げました。王さまはずいぶんおおどろきになりましたけれど、また大そうおよろこびになって、アラジンとお姫さまとがすぐに婚礼《こんれい》するようにとおっしゃいました。

お母さんが帰って、このことをアラジンにつげますと、アラジンは、すぐに

はお城へ行かれないと言いました。そして、まずランプのおばけを呼んで、香水《こうすい》ぶろと、王さまがお召しになるような金のぬいとりのある着物と、自分のお供《とも》をする四十人のどれいと、お母さんのお供をする六人のどれいと、王さまのお馬よりもっと美しい馬と、そして、一万枚の金貨を十箇《こ》のさいふに分けて入れて持って来いと命じました。

さて、これらのものがみんなととのってから、アラジンは着物を着かえてお城へ向いました。そして、りっぱな馬に乗って四十人のどれいを召しつれて行くみちみち、両がわに見物しているたくさんの人たちに、十箇のさいふから金貨をつかみ出しては、ばらばらとまいてやりました。見物人《けんぶつにん》たちは、きゃっきゃっと言って大よろこびで、それを拾いました。しかし、その中のだれにだって、昔、町でのらくらと遊んでばかりいたなまけ者が、こんなになったとは気がつきませんでした。これはきっと、どこかの国の王子さまだろうと思っていました。

こんなものものしいありさまで、アラジンがお城へつきますと、王さまはさっそくお出迎《でむか》えになって、アラジンをおだきになりました。それから家来たちに、すぐお祝いの宴会《えんかい》と、婚礼の用意をするようにとおっしゃいました。するとアラジンは、

「陛下《へいか》、しばらくお待ちくださいまし。私はお姫さまがお住みになる御殿《ごてん》を立てますまでは、婚礼はできません。」と、申し上げたのでありました。

そうして、家へ帰って、もう一度ランプのおばけを呼びよせました。そして、

「世界一のりっぱな御殿を作れ。その御殿は、大理石《だいりせき》と、緑色の石と、宝石とで作らなければいけない。そしてまん中に、金と銀とのかべとまどが二十四ついている大広間を作るのだ。それからそのまどは、ダイヤモンドだの、ルビーだの、そのほかの宝石でかざらなければいけない。けれども、たった一つだけは何にもかざりをしないで、そのままにしておけ。それから、また馬やも作らなければいけない。そして、御殿の中には、たくさんのどれいもいなければばい

けない。さあ、これだけのことを早くやってくれ。」

と、言いつけました。

あくる朝、アラジンは、世界一かと思われるほどの御殿が立っているのに気がつきました。御殿の大理石のかべは、朝日の光を受けて、うすもも色にそまっていました。まどには宝石がきらめいていました。

アラジンはさっそく、お母さんと一しょにお城へまいりました。そして、きょう婚礼をさせていただきたいと申し入れました。お姫さまはアラジンをごらんになって、アラジンと仲《なか》よくしようとお思いになりました。町じゅうはお祝いで大にぎわいでした。

そのあくる日は、王さまの方からアラジンの新御殿をおたずねになりました。そしてまず大広間へお通りになって、金の銀とのかべと、宝石をかざりつけたまどとをごらんになって、大へんご感服《かんぷく》なさいました。そして、

「これは世界で一ばん美しい御殿にちがいない。わしには、この御殿の中にあ

るたった一つのものでさえ、世界第一の宝物のように思われる。だが、ここにたった一つ、かざりつけをしてないまどがあるのは、どういうわけだね。」と、おたずねになりました。するとアラジンは、

「陛下、それは、陛下のとうといお手で、かざりつけをしていただきたいと存じまして、わざわざ残しておいたのでございます。」

と、お答えしました。

王さまは、大へんおよろこびになりました。そしてすぐにお城の装飾《そうしょく》がかりの人たちに、このまどをほかのまどと同じようにかざりつけるように、お言いつけになりました。

装飾がかりの人たちは、何日も何日も働きました。そして、まだ、まどのかざりつけが半分もできないうちに、持っていた宝石をすっかり使ってしまいました。王さまにこのことを申し上げますと、それでは自分の宝石をみんなやるから使うように、とおっしゃいました。それを、使いはたしても、なおまどは

出来上りませんでした。

それで、アラジンは、かかりの人たちに仕事をやめさせて、王さまの宝石を全部返してしまいました。そして、その晩もう一度ランプのおばけを呼びました。それで、まどは夜のあける前に出来上りました。王さまと、装飾がかりの人たちは、おどろいてしまいました。

けれども、アラジンはけっして自分のお金持であることをじまんしませんでした。だれにでもやさしく、礼儀《れいぎ》ただしくつきあっていました。そして貧乏人にはしんせつにしてやりました。それでだれもかれもアラジンになつきました。アラジンは、また王さまのために、何度も何度も、戦争《せんそう》に行っててがらを立てました。それで、王さまの一番お気に入りの家来《けらい》になりました。

けれども、遠いアフリカでは、アラジンをいじめる悪だくみが、ずっと考えつづけられていました。あの伯父さんだといってだました悪者のおじいさんのまほう使は、まほうの力によって、自分が地の下へとじこめてしまった男の子が、あれから助かって、大へんな金持になったということを知ったからであります。そして、おこって自分のかみの毛を引きむしりながら、

「あいつめ、きっとランプの使い方をさとったのにちがいない。おれは、ランプをとり返す方法を考えつくまでは、いまいましくって、夜もおちおちねむることができない。」

と、どなっていたのでありました。

それから、やがてまた、しなへやって来ました。そしてアラジンの住んでいる町へ来て、すばらしい御殿を見ました。御殿があんまり美しいのと、アラジンがお金持らしいのに腹が立って、息《いき》がとまってしまうほどでした。そこで、まほう使は商人《しょうにん》にばけました。そして、たくさんの銅《どう》で作ったランプを持って、

「ええ、新しいランプを古いランプととりかえてあげます。」

町から町へ、こう言いながら歩きました。

この呼び声を聞いて、町の人たちは、ばかげたことだと笑いながらも、めずらしそうにまほう使のそばへたかって来ました。こんなことを言う男は、気ちがいかもしれないと思ったものですから。

ちょうどこの時、アラジンはかりに出て、るすでした。お姫さまはただ一人、大広間のまどによりかかって、外の景色《けしき》をながめていらっしゃいました。町から聞えてくる呼び声が、耳に入ったものですから、さっそくどれいをお呼びになりました。そして、

「あれは何と言っているのか聞いておいで。」と、おっしゃいました。

すぐにどれいは聞いて帰って来ました。そして、さもさもおかしくてたまらないというふうに笑いながら、

「ずいぶん、へんなおじいさんなのでございますよ。新しいランプを古いランプととりかえてあげます、と申すのでございます。そんなばかげたあきないがございますでしょうかねえ。ほほほ……」と、申し上げたのでございました。

お姫さまも、これをお聞きになって、大そうお笑いになりました。そして、すみの方のかべにかかっていたランプを、指さしになって、

「そこにずいぶん古ぼけたランプがあるじゃないか、あれを持って行って、そのおじいさんが、ほんとうにとりかえてくれるかどうか、ためしてごらん。」と、おっしゃいました。

どれいはランプをとりおろして、町へ走って行きました。まほう使は、まほうのランプを両手でしっかり受けとってから、

「どれでも、おすきなのをお持ちください。」

と言って、新しい銅《どう》のランプをたくさんならべたてました。そして古いランプをだいじそうにだきしめて、ほかのことは何にも気がつかない様子《ようす》でありました。このどれいが、新しいランプをみんな持って行ったって、きっと気がつかなかったでしょう。

それからまほう使は、少し歩いて、町はずれへ出ました。そして、だれも通

っている人がないのを見すまして、まほうのランプをとり出しました。そしてしずかにこすりました。するとたちまち、あのおばけが、目の前へ立ちはだかって、「何のご用ですか。」と聞きました。

「お姫さまを入れたまんま、アラジンの御殿《ごてん》を、アフリカのさびしいところへ持って行って立ててくれ。」と、まほう使が言いました。

するとまたたくまにアラジンの御殿は、お姫さまや、家来《けらい》たちを入れたまんま、見えなくなってしまいました。まもなく、王さまが、お城のまどから外をおながめになって、アラジンの御殿がなくなっているのにお気づきになりました。

「しまった。アラジンはまほう使だったのだな。」

王さまはこうおっしゃって、すぐに家来を召《め》して、アラジンをくさりでしばってつれて来い、とお命じになりました。家来たちは、かりから帰って来るアラジンに行きあいましたので、すぐにつかまえて、王さまの前へつれて来ました。町の人々は、アラジンになついていたものですから、アラジンが引かれて行くそばへよって来て、どうか、ひどい目にあわないようにと、おいのりをしてくれました。

王さまはアラジンをごらんになって、大へんおしかりになりました。そして家来に、すぐアラジンの首を切れとおっしゃいました。けれども、町の人たちがお城へおしかけて来て、そんなことをなすったら、しょうちしません、と行って王さまをおどかしました。それで仕方なく王さまは、アラジンのくさりをといておやりになりました。

アラジンは、どうしてこんな目におあわせになったのかと、王さまにおたずねしました。王さまは、

「かわいそうに、何にも知らないのか。まあここへ来てごらん。」と、おおせになりました。

そしてアラジンをまどのところへつれて来て、アラジンの御殿が立っていた

ところが原っぱになっているのを、指さして教えておやりになりました。

「お前の御殿はともかく、姫はどこへ行ったのだろう。わしのだいじなだいじな娘はどこへ行ったのだろう。」と言って、王さまはお泣きになりました。

アラジンはおどろきのあまり、しばらくは口がきけませんでした。どこへ御殿が行ってしまったのだろうかと、原っぱを見つめたまんま、だまって、ぼんやり立っていました。

しかし、しばらくして、やっと口をきりました。

「陛下、どうか私に一月《ひとつき》のおひまをくださいませ。そして、もしもその間に私がお姫さまをつれもどすことができませんでしたならば、その時、私をお殺しになってくださいませ。」

と、申し上げたのであります。

王さまはおゆるしになりました。アラジンはそれから三日の間は、気ちがいのようになって、御殿はどこへ行ったのでしょうか、とあう人ごとにたずねてみました。けれども、だれも知りませんでした。かえって、アラジンが悲しんでいるのを笑ったりしました。それでアラジンは、いっそ身を投げて死のうと思って、川のほとりへ行きました。そして、土手《どて》にひざまずいて、死ぬ前のおいのりをしようとして、両手をしっかりとにぎりあわせました。その時、知らずにまほうの指輪《ゆびわ》をこすったのでした。するとたちまち、指輪のおばけが目の前につっ立ちました。

「どんなご用でございます。」と、言うのです。アラジンは大そうよろこびました。そして、

「お姫さまと、御殿を、すぐにとり返して来てくれ、そして私の命を助けてくれ。」

と、たのみました。ところが、指輪の家来は、

「それは、あいにく、私にはできないことでございます。ただ、ランプの家来だけが、御殿をとりもどす力を持っているのでございます。」と、答えたのであ

ります。

「それでは、御殿があるところまで私をつれて行ってくれ。そして、お姫さまのへやのまどの下へ立たせてくれ。」

アラジンは仕方がないので、こうたのみました。この言葉を、言いきってしまわないうちに、もうアラジンはアフリカについて、御殿のまどの下に立っていました。

アラジンは大へんくたびれていたものですから、そこでぐっすり寝《ね》こんでしまいました。しかし、ほどなく夜があけて、小鳥の鳴く声で目をさましました。その時は、もうすっかり、もとのような元気になっていました。そして、こんな悲しい目にあうのは、きっとまほうのランプがなくなったせいにちがいない、だれがぬすんだかを見とどけなければならぬ、と、かたく決心《けっしん》しました。

さて、お姫さまは、この朝は、ここへつれて来られてからはじめて、きげんよくお目ざめになったのでした。太陽《たいよう》はうらうらとかがやいて、小鳥は楽しそうにさえずっていました。お姫さまは、外の景色《けしき》でもながめようと思って、まどの方へ歩いておいでになりました。そして、まどの下にだれか立っている者があるのを、ごらんになりました。よくよく見ると、それはアラジンでありました。

お姫さまは声を立てておよろこびになって、いそいで、まどをお開きになりました。この音でアラジンは、ふっと上を見上げたのであります。

それから、アラジンは、いくつもいくつもの戸をうまく通りぬけて、お姫さまのへやへ入って行きました。そして、うれしさのあまり、お姫さまをしばらくだきしめていましたが、やがて顔を上げて、

「お姫さま、あの大広間のすみのかべにかけてあった、古いランプがどうなったか、ご存じではございませんか。」と、申しました。

するとお姫さまは、

「ああ、だんなさま、私どうしましょう。私がうっかりしていたので、こんな

悲しいことになってしまったんです。」と言って、あのおじいさんのまほう使が、商人の風をして来て、新しいランプと古いランプととりかえてあげると言って、こんなことをしてしまったお話をなさいました。そして、

「今も持っていますよ。いつだって、上着《うわぎ》の中へかくして、持ち歩いていますよ。」と、おっしゃいました。

「お姫さま、私はそのランプをとり返さなきゃなりません。ですから、あなたもどうか私にかせいしてくださいませ。今晩、まほう使があなたとご一しょに、ごはんをたべる時、あなたは一番いい着物を着て、そしてしんせつそうなふうをして、おせじを言ってやってくださいまし。それから、アフリカのお酒《さけ》が少し飲みたいとおっしゃいませ。するとあの男が、それをとりに行きますからね。その時が来たら、私がまたあなたのおそばへ行って、こうこうしてくださいませ、と申し上げますから。」

と、アラジンが申しました。

さてその晩、お姫さまは一番いい着物をお召しになりました。そして、まほう使が入って来た時、にこにこして、いかにもしんせうそうなふうをなさいました。まほう使が、これはゆめではないかと思ったほどでした。なぜかというと、お姫さまは、ここへつれて来られてからというものは、いつもいつも悲しそうな顔をしているか、そうでない時は、おこった顔をしていらっしゃるかでしたから。

「私、たぶん、アラジンは死んでしまったのだろうと思いますの。ですから、私、あなたのおよめさんになりたいと思っています。まあ、それはともかく、さあ、ごはんにしましょう。おや、きょうもやっぱり、しなのお酒ですのね。私、しなのお酒にはもうあいてしまいましたから、アフリカのお酒を持って来てくださいな。」

と、お姫さまがおっしゃいました。

アラジンは、そのまに、粉《こな》を用意して来て、お姫さまに、ご自分のおさかずきの中へ入れてください、とたのみました。そして、まほう使がアフリカのお酒を持って帰って来た時、お姫さまは、粉を入れたおさかずきに、そのお酒をなみなみとおつぎになりました。そして、これから仲よくなるしるしですから飲んでください、と言って、まほう使におさしになりました。まほう使はよろこんで、それに口をつけました。しかし、それをみんな飲みほさないうちに、床《ゆか》の上にたおれて死んでしまいました。

アラジンは、かくれていた次のへやからとんで出て来て、まほう使の上着の中をさがしまわしました。そして、まほうのランプをとり出して、大よろこびでそれをこすりました。

おばけが出て来ますと、すぐに御殿《ごてん》をしなへ持って帰って、もとの場所に立てるようにと言いつけました。

次の朝、王さまは大そう早く目をおさましになりました。王さまは悲しくておねむりになることができなかったのです。そして、まどのところへ行ってごらんになると、アラジンの御殿が、もとのところに立っているではありませんか。王さまは、うそではないかとお思いになりました。それで何べんも何べんも目をこすっては、じっと御殿の方をごらんになりました。

「ゆめではないのかしら。朝の光を受けて前よりももっと美しく見える。」とおっしゃいました。

それからまもなく、馬に乗って、アラジンの御殿をさして、走っていらっしゃいました。そして、アラジンとお姫さまとを両手にだきしめて、およろこびになりました。二人はアフリカのまほう使の話をしてお聞かせしました。アラジンはまた、まほう使の死がいもお目にかけました。

それからまた、昔のような楽しい日がつづきました。

しかし、まだもう一つアラジンに心配が残っていました。それは、アフリカのまほう使の弟《おとうと》も、やっぱりまほうを使っていたからです。そして、その弟は、兄さんよりももっと悪者だったからであります。

はたして、その弟がかたきうちのために、しなへやって来ました。アラジンをひどい目にあわせて、まほうのランプをぶんどって来ようと決心《けっしん》して来たのであります。そして、しなへつくとすぐに、こっそり、まずファティマという尼《あま》さんをたずねて行きました。そして、上着《うわぎ》とベールとを、むりやりにかしてもらいました。それから、このことがほかの人に知られてはいけないと思って、尼さんを殺してしまいました。

さて、この悪者のまほう使は、尼さんの上着とベールとをつけて、アラジンの御殿の近くの町を通りました。町の人々は、ほんとうの尼さんだと思って、ひざまずいてその上着にキッスしました。

まもなく、お姫さまは、ファティマが町を通っているということをお聞きになりました。それで、すぐ御殿へ来てくれるようにと、使をおやりになりました。お姫さまは、ファティマをしじゅう見たい見たいと思っていらっしったものですから、尼さんが来た時、大へんていねいにおもてなしなさいました。そして大広間へつれておいでになって、同じ長いすに腰《こし》かけながら、

「このへやがお気に召しまして。」と、お聞きになりました。

まほう使はベールを深くかぶったままで、

「ほんとうに、目がさめるほどおきれいでございますこと。ですけれども、私このおへやに、たった一つほしいと思うものがございますのよ。それはほかでもございません、ロック鳥《ちょう》の卵が、あの高い天じょうのまん中からぶらさがっていたら、もう申し分なしだと思いますわ。」と、答えました。

これをお聞きになってお姫さまは、何だか急に、この大広間がものたりないように思いはじめになりました。そして、アラジンが入って来た時、大へん悲しそうな顔をしていらっしゃいました。アラジンは、何事が起ったのですか、とたずねました。お姫さまは、

「私、この天じょうから、ロック鳥の卵がぶらさがっていなきゃあ、何だか悲

しいんですもの。」と、おっしゃいました。

「そんなことなら、ぞうさないじゃございませんか。」と、アラジンはこともなげに言ってランプをおろして、廊下《ろうか》へ出てあのおばけを呼びました。

けれども、ランプのおばけは、その命令を聞くと、大へんおこりました。顔をぶるぶるふるわせながら、アラジンをしかりつけました。

「大ばか者、そんなものを私がやられると思っているのか。お前は私のご主人を殺して、あの天じょうからぶらさげてくれというのか。そんなばかは、死んでしまうがいいや。」

おばけの目は、まるで石炭《せきたん》がもえている時のように、まっ赤になっていました。しかし、やがて言葉をやわらげて、

「だけれども、それはお前の心から出た願いでないということを、私はよーっく知っているのだよ。それは尼《あま》さんの風をしている、悪者のまほう使が言わせたのだろう。」

と、言いました。そして、おばけは消えました。アラジンは、お姫さまが待っているへやへ、いそいで行きました。そして、

「私は、ずつうがしてなりません。尼さんを呼んでくださいませんか。あの方のお手でさすっていただいたら、きっとなおるだろうと思います。」と、お姫さまに申しました。

すぐに、にせのファティマが来ました。アラジンはとびついて、その胸へ、短刀《たんとう》をつきさしました。

「どうなすったのです。まあ、あなたは尼さんを殺すのですか。」

お姫さまは泣き声でとがめました。

「これは、尼さんではございません。これは私たちを殺しに来たまほう使です。」

と、アラジンが申しました。

こんなにして、アラジンは二人の悪いまほう使の悪だくみからのがれました。

そして、もうこの世の中には、だれもアラジンの仕合せのじゃまをする者はな

くなりました。

アラジンとお姫さまは、長い間たのしくくらしました。そして、王さまがおかくれになった時、二人はとうとう、王さまとおきさきさまになりました。そして国をよくおさめました。いつまでもいつまでもその国はさかえたということであります。

アリ・ババと四十人のどろぼう

昔、ペルシャのある町に、二人の兄弟《きょうだい》が住んでいました。兄さんの名をカシムと言い、弟の名をアリ・ババと言いました。お父さんがなくなる時、兄弟二人に、財産《ざいさん》を半分ずつに分けてくれましたので、二人は、同じような財産を持っておりました。

さて、カシムはお金持のおじょうさんをおよめさんにもらいました。それからアリ・ババは貧乏《びんぼう》な娘をおかみさんにもらいました。お金持のおじょうさんをもらったカシムは、毎日ぶらぶら遊んでくらしていましたが、そのはんたいに、アリ・ババは毎日せっせと働かなくてはなりませんでした。毎朝早くから三びきのろばを引いて森へ出かけて、木を切っては、それを町へ持って帰って売って、そのお金で、やっとその日その日をくらしてゆくというありさまでした。

ある日のこと、アリ・ババが、いつものように森へ行って木を切っていますと、はるか向うの方に、まっ黒い砂けむりが、もうもうと立っているのが見えました。その砂けむりは、見るまにこちらへ近づいて来ましたが、見れば、それはたくさんの人が馬に乗って、いそいでかけて来るのでした。

「きっと、どろぼうにちがいない。」アリ・ババはふるえながら、三びきのろばをかくして、自分はそばの木にのぼりました。そして、こわごわ様子《ようす》を見ていました。

アリ・ババののぼった木の下まで来ると、どろぼうたちは、みんな馬からとびおりました。くらにつけてあった袋もおろしました。

そして、そのどろぼうたちのかしららしい男が、木のそばにある岩の上にのぼって行きました。そしていきなり、

「開《ひら》け、ごま。」

と、大きな声でさけびました。すると、どうでしょう。その岩が、ぱっと二つにわれました。中には重そうな戸が閉《し》まっているのが見えました。やがて、その戸は見る見るうちにすうーっと開いてゆきました。そして、どろぼうたちが、その戸の中へどかどかと入って行くと、音もなく戸が閉まってしまいました。

やがてまもなく、どろぼうたちは出て来ました。さっきのかしらが、また、

「閉まれ、ごま。」

と、さけびました。戸はすうーっと閉まってしまいました。そして岩も、もとの岩になってしまいました。どろぼうたちはどこかへ去ってしまいました。

アリ・ババは木からおりました。そして、さっきどろぼうのかしらが言った、ふしぎな言葉《ことば》をおぼえていたものですから、岩の上へのぼって、

「開け、ごま。」と、どなってみました。

そうすると、やっぱり岩がわれて、さっきの戸が開きました。アリ・ババは中へ入って行きました。その中は大きなほら穴でした。りっぱな宝物《たからもの》や、金貨《きんか》や銀貨をつめこんだ大きな袋《ふくろ》が、すみからすみまで、ぎっしりとつみ重ねてありました。これだけのものをあつめるには、まあ何年かかったことだろうと、アリ・ババは思いました。そしておそるおそる、金貨をつめこんだ袋ばかりを六つ取り出しました。そして手早く三びきのろばにつんで、その上に金貨の袋

がかくれるほど、切った木をつみ重ねました。それから、

「閉まれ、ごま。」と、大きく言いました。そうすると戸はやっぱり閉まって、岩にはあとかたもなくなりました。

アリ・ババは家へ帰って来ました。おかみさんは金貨の袋を見て、大へん悲《かな》しそうな、またこわいような顔をして、アリ・ババに泣きつきました。

「まあ、お前さん、もしかしたらこれは?……」とまで言って、それからさきはもう声が出ない様子でした。

するとアリ・ババは落ちつきはらって、

「安心おしよ。なんで私がどろぼうなんかするものかね。そりゃ、この袋は、もともとだれかがぬすんだものには、ちがいないがね。」

と、言いました。それから、金貨の袋を見つけたいちぶしじゅうを話して聞かせました。

それを聞いて、貧乏なこのおかみさんは大へんよろこびました。そして、ア

リ・ババが袋からつかみ出す金貨を、「一枚《まい》、二枚」とかぞえはじめました。

そのうちアリ・ババが、ふと気がついたように顔を上げて、

「そんなかぞえ方をするのはばかだね。そんなことをしていたら、みんなかぞえてしまうには何週間かかるかわかりゃあしないよ。いっそこれは、このまんま、庭へ穴を掘《ほ》ってうずめようじゃないか。」と、言いました。

するとおかみさんは、

「でも、私たちがどれほどのお金持になったのか、知っておいた方がよござんすよ。」

そう言って、はんたいしました。そして、

「私はこれからカシム兄さんのところへ行って、ますをかりて来ましょう。そのますで、私がこの金貨をはかっている間に、お前さんが穴を掘ったらいいじゃありませんか。」

と、言いました。そして、おかみさんは、カシムの家へ出かけて行きました。

カシムの家では、ちょうどカシムがるすでした。それでカシムのおかみさんに、

「姉《ねえ》さん。すみませんが、ますをかしてください。」とたのみました。

「すぐに返しに来るなら、かしてあげてもよござんす。」

カシムのおかみさんは、ぶあいそうな顔をしてこう答えました。そして、どうしてアリ・ババの家でますがいるのか、ふしぎに思ったものですから、ますの底《そこ》に少しばかりラード（ぶたの油）をぬって、かしてくれました。こうしておけば、このますで何をはかったにしろ、底にくっついて返ってくるにちがいないと考えついたからでした。

アリ・ババのおかみさんは、ますをかりて、大いそぎで帰って来ました。そして金貨をはかってしまうと、また大いそぎで返しに行きました。けれども、ますの底に、一枚の金貨がくっついていたということには、ちっとも気がつきませんでした。

「まあ、なんてことだろう。アリ・ババの家では、あんまりお金がどっさり入ったので、かぞえきれないで、ますではかったんだね。」

カシムのおかみさんは、金貨を見つけて、いまいましそうにどなりました。

カシムが帰って来て、この話を聞いて、もっともっとおこりました。そしてすぐに、アリ・ババの家へ出かけて行きました。

「何だってお前はかくすんだね。私の家内《かない》は、お前がかぞえきれないほどたくさんの金貨を手に入れたので、ますではかったってことを、ちゃあんとかぎつけてるんだよ。さあどうして、そんなにたくさんのお金をこしらえたのか、はくじょうしろ。」と、アリ・ババにしかるように申しました。

アリ・ババは、せっかくかくしていたことを知られてしまったので、がっかりしました。仕方がないので、兄さんに何もかも話してしまいました。そして、「きっと、だれにも言わないでくださいよ。」と、言いながら、あの、「開け、ごま。」「閉まれ、ごま。」という言葉を、教えてしまいました。

カシムは、自分の家へ帰って来て、十二ひきのろばを馬やから引き出しました。そして、それを引いて森の岩をさして出かけました。岩の前まで来た時、ろばをそばの木につないでおいて、

「開け、ごま。」

と、言いました。すぐに岩がわれて、あのふしぎな戸が開きました。

もともとカシムは、大へんなよくばりやでした。それで、どろぼうたちの宝物を見て、とび上るほどよろこびました。そして、金貨の入っている大きそうな袋をえらんで、それを二十四も、戸のところまで引きずり出して来ました。

そして、

「開け、大麦。」と、さけびました。

まあ、どうしたのでしょう、戸は閉まったままでした。カシムはあわてて、

「開け、あずき。」と、言ってみました。けれども、やっぱり戸は開きませんでした。それからはもうますますあわてて、

「開け、小麦。」だの、「開け、あわ。」だのと、おぼえているかぎりの、穀物《こくもつ》の名を言ってみましたけれど、やっぱり、だめでした。戸は一寸《いっすん》も開きませんでした。カシムは「ごま」をすっかり忘れていたのでした。

ちょうどその時、どろぼうたちが馬に乗って帰って来ました。そして、かしらが、

「開け、ごま。」

と、さけんで、ほら穴の中へ入って来ました。そして、カシムと、引きずり出した金貨の袋《ふくろ》とを見つけてしまいました。

どろぼうたちは、自分たちの、人にかくしていたお倉《くら》を見つけられたので、大へん腹を立てました。そして、いきなりカシムをつかまえて、切り殺《ころ》して、からだの肉を切りきざんでしまいました。そして、ここへだれでも金貨をぬすみに来ないように、カシムの肉のきれを一つ一つ、ほら穴の中へつるしました。

カシムのおかみさんは、夜になってもカシムが帰って来ないので、大へん心《しん》

配《ぱい》しました。そして、アリ・ババの家へ行って、カシムをさがしに行ってくれとたのみました。それでアリ・ババは、あくる朝早く、三びきのろばを引いて、ほら穴さして出かけました。

「開け、ごま。」そう言ってから、アリ・ババは中へ入って行きました。しかし入るとすぐに、おそれてちぢみ上ってしまいました。兄さんが殺されて、切りきざまれていましたから。アリ・ババは、ふるえながら、兄さんの切りきざまれた肉を、一きれずつていねいによせあつめて、二ひきのろばにつみました。そして、あとの一ぴきは強い小さな黒馬でしたが、これには金貨の袋を二つつみました。

アリ・ババは町へ帰って来て、まずカシムの家の戸をたたきました。すると、モルジアナという女どれいが出て来ました。この女はカシムの召使《めしつかい》の中でも、一番りこう者でありました。

アリ・ババはモルジアナを招《まね》いて、その耳に口をつけて、

「お前のご主人はね、どろぼうに切りきざまれて殺されてしまったのだよ。けれども、だれもまだこのことを知っている人はないのだからね、お前これを、だれにも知らさないですますような工夫《くふう》をしておくれ。」

と、たのみました。

それから、アリ・ババは家の中へ入って行って、カシムのおかみさんに、いっさいの話をして聞かせました。

「けっして、悲しんではいけませんよ。これからは私たちと一しょにくらしましょう。私たちの宝物も分けてあげましょう。私たちはよく気をつけて、このことを、人にさとられないようにしましょうね。」

と、約束《やくそく》しました。

それから、切りきざまれた、かわいそうなカシムを、ろばからおろして、となり近所の人々には、ゆうべ急病《きゅうびょう》で死んだと言っておきました。

モルジアナは、だいぶはなれた町の、おじいさんのくつ屋をたずねて行きま

した。そして、針《はり》と糸とを持って自分と一しょに来てください、とたのみました。それから、

「お前さんにたのみたい仕事というのは、どうしても人に知られてはならないことだからね、気の毒《どく》だけれど、お前さんに目かくしをして、その家まで私が手を引いて行くのですよ。」と、言いました。

おじいさんのくつ屋は、はじめはいやだと言いましたけれども、モルジアナが金貨を一枚そっとその手ににぎらせましたら、すぐしょうちしました。モルジアナは、このくつ屋をつれて帰って来て、切りきざまれた主人の肉を、ぬいあわせるように言いつけました。くつ屋は、だれだって、ぬいあわせたとは思えないほど、かっこうよくつぎあわせました。それからモルジアナはまた、くつ屋に目かくしをして、その店までつれて行きました。

こんなふうにして、カシムが殺されたことは、だれにも知れないですみそうでした。そして、アリ・ババとそのおかみさんとは、カシムの家に引っこして

行って、みんなで一しょにくらすことになりました。

けれども、その後どろぼうたちは、あのほら穴へ帰って、カシムのからだと、金貨の袋がまた二つもなくなっているのに、気がつきました。そして大へんおこりました。

「もう一人、おれたちのお倉《くら》を知っているやつがあるんだな、そいつをすぐに見つけなきゃならない。」と、さけびました。

そうして、仲間《なかま》の一人が、どろぼうでないような風をして町へ行って、あの切りきざんだからだをぬすんで行った者を、見つけて来ることにしようと相談がきまりました。

さて、あくる朝、どろぼうの一人が、とても早く町へやって来ました。その時分《じぶん》は、カシムのからだをぬいあわせたおじいさんのくつ屋の店は、もう戸をあけていました。

「お早う、おじいさん。大へん、ごせいが出ますね。ほう、お前さん、こんなに早くから仕事をはじめるんですか。ふむ、だが、お前さんの目が、こんなうすあかりで見えるんですかねえ。」

と、どろぼうは、さもなれなれしく声をかけました。すると、くつ屋は、

「どうしてどうして、あっしの目はね、若い者だってかなやあしないんですよ。げんに、たったきのうのことですがね、あっしゃあ、切りきざんだ人間の死がいをぬいあわせましたよ。それがお前さん、だれが見たってぬい目なんかちっともわからないように、うまくできたんですよ。」と答えたのでした。

どろぼうは、しめたと思いました。そして、

「え？　そりゃほんとうですか。そして、そりゃ、どこの、だ、だれのです。」

と、聞き返しました。

「それがね、あっしにだってわからないんです。なぜかって、あっしゃあ、目かくしをして、そこの家へつれて行かれて、また同じようにして、つれて帰っ

てもらったんですから。」と、くつ屋が言いました。

すると、どろぼうは、金貨を一枚、そっとくつ屋ににぎらせました。そして、その家へつれて行ってくれないかとたのみました。

「お前さんにまた目かくしをして、私が手を引いて行ったら、おおよそのけんとうがつくでしょう。もしその家がわかったら、もっとお金をあげますよ。」と、言うのです。

そこで、とうとうくつ屋は、しょうちしました。そして、目かくしをされて、そろそろ歩きながら、カシムの家の前まで来た時、ぴたりととまりました。そして、

「ここにちがいありません。このくらいの遠さだったと思います。」と、言いました。

そこで、どろぼうはポケットからチョークを出して、カシムの家の戸に白い目じるしをつけました。そして大元気で、森の仲間のところへ帰って行きました。

それからまもなく、モルジアナは、このへんな目じるしを見つけました。

これはきっと、だんなさまに悪いことをしようとする者がつけたしるしにちがいない、とモルジアナは思いました。それで、チョークを取って来て、町じゅうのどの家の戸にも、みんな同じようなしるしをつけて歩きました。

さて、どろぼうたちは、町へ行った仲間から、あの切りきざんだ人間の家がわかったということを聞いて、大へんよろこびました。そしてその晩、戸に白い目じるしのついている家をさして、かたきうちに出かけました。けれども、町までおしかけて来た時、どの家の戸にも同じ目じるしがついているので、どれが目ざす家だか、かいもく知れませんでした。

「ばかめ、これが、りこうな人間のすることかい。お前は、すぐに殺してやるから待っていろ。」

かしらは、けさ見つけに来たどろぼうを、こう言ってしかりつけました。それから、

「仕方がない、どろぼうの家はおれがさがすことにしよう。」と、言いました。

次の日、かしらは、ふつうの人のような風《ふう》をして、くつ屋の店へ行って、カシムの家を教えてもらいました。けれども、このかしらはりこう者ですから、チョークでしるしをつけたりなんかはしませんでした。気をつけてカシムの家を見て、しっかりとおぼえこんでおいて、晩のかたきうちの用意をしに、森へ帰りました。

そして、まずはじめに、ろばを二十ぴきと、大きなかめを三十九と持ち出しました。そして、たった一つのかめに、油をなみなみとつぎこんだきりで、ほかのかめには一人ずつどろぼうを入らせました。そして、このかめをろばにのせて、町へ出かけました。そして、カシムの家の前まで来ましたら、アリ・ババはちょうど、外へ出て夕涼《ゆうすず》みをしているところでした。

「今晩《こんばん》は。」

かしらは、ていねいにおじぎをして、

「私は遠方《えんぽう》からまいった油商人《あぶらしょうにん》でございますが、今晩だけ、とめていただけませんでしょうか。そして、この油がめをお庭のすみにでもおかせていただけたら、大へんつごうがよいのでございますが。」と、たのみました。

「ああ、よろしいとも。さあお入んなさい、さあ、さあ。」

すぐにアリ・ババは、きげんよくしょうちしました。そして門をあけて、ろばを庭の中へ入れさせました。それから召使のモルジアナに、お客《きゃく》さまにごちそうをしてあげるように、と言いつけました。

かしらは、ろばの背中《せなか》から、かめを庭へおろしながら、中にいる一人々々のどろぼうに、自分が庭へ小石を投げたら、それをあいずに、かめのふたをやぶって、出て来いとつげました。

どろぼうたちは、せまいかめの中で、じっとしんぼうしながら、あいずがあるのを、今か今かと待っていました。

さて、台所では、モルジアナが、夕ごはんのしたくに、てんてこまいをしていました。ところが、そのいそがしいまっさいちゅうに、ランプがふっと消えてしまいました。あいにく家に油がきれていました。それで、あの庭にあるたくさんの大きなかめから、少しくらいもらったっていいだろう、と思って、ランプを持って庭へ出て行きました。そして、一ばん手近のかめのそばまで行きました。すると中から、

「もう、出る時分《じぶん》ですか。」と言う、しゃがれた声が聞えました。モルジアナは、びっくりしました。けれども、りこう者のことですから、落ちついた声で、

「まだ、まだ。」

そう言って、次のかめのそばへ行きました。そのかめの中からも、同じようなことをたずねました。モルジアナは次から次と行きました。すると、どのかめからも、どのかめからも同じようなことをたずねました。モルジアナはどれにも同じように、「まだ、まだ。」と言っておきました。そして一番おしまいのかめにだけ、ほんとうの油がなみなみと入っていたのでありました。

「ああ、まあ、なんてふしぎな油商人なんだろう。全く、あきれてしまう。だが、これはきっと、だんなさまを殺すつもりにちがいない。」

モルジアナは、うっかりしていては大へんだと思いました。

そこで、すぐに大きなつぼを持って来て、一番おしまいのかめから油をくみ出して、それを火の上にかけました。そして油がにえ立つのを待って、それを、どろぼうたちのかくれているかめの中へ、次々とついで歩きました。それでどろぼうたちは、みんな殺されてしまいました。

こんなにしてしまったものですから、かしらが庭をめがけて小石を投げた時は、どろぼうは一人だって出て来ませんでした。それで、かしらが庭へ出て、かめの中をのぞきますと、どろぼうたちはみんな死んでいたのでした。せっかくのかたきうちは、すっかりあべこべになってしまったのでした。かしらは、ほうほうのていで、森へにげて帰りました。

あくる朝、モルジアナは、アリ・ババを庭へつれ出して、かめの中をのぞかせました。アリ・ババは人がいるのを見て、とび上るほどおどろきました。けれども、モルジアナが、手っとり早く、すっかり話をして聞かせましたので、どろぼうは、みんな死んでしまっているのだということがわかりました。

アリ・ババは、こんな大きなさいなんからのがれたことがわかって、大へんよろこびました。そして、モルジアナに、

「ありがとう、ほんとうにありがとう。もうお前はどれいをやめてもいい。お前を自由《じゆう》な身《み》にしてあげよう。また、そのほかにごほうびもあげよう。」と、言いました。

さて、どろぼうのかしらは、手下《てした》が一人もいなくなったので、森のほら穴で、ただ一人、大そうさびしく、また悲しい月日をおくっていました。けれども、アリ・ババへかたきうちをすることは、前よりももっともっと熱心《ねっしん》に考えていました。そして、またある一つの方法を考えつきました。そして、さっそく大

きな商人のような顔をして、アリ・ババの息子《むすこ》の店のお向いに店を出しました。

この大商人は大《たい》そう金持で、そして大そうしんせつでありましたから、アリ・ババの息子は、すぐにこの人をすきになりました。それで、お近づきのしるしとして、お父さんの家の晩ごはんによぶことにしました。しかし、このにせの商人は、アリ・ババの家へ行った時、アリ・ババに向って、

「あなたとご一しょにごはんをいただきたいのは山々でございますが、じつは私は、神さまに塩《しお》を食べませんと言ってお約束《やくそく》しているのでございます。それで、家でも、とくべつにいつも塩ぬきのりょうりをさせているようなわけでございますから、どうかあしからず。」

と言って、ごはんをたべることをことわりました。するとアリ・ババは、

「まあ、そんなことなら、ぞうさもないことでございますよ。今晩は、いっさい、塩を入れないように申しつけますから。」と言って、引きとめました。

モルジアナは、この言いつけを聞いた時、少しへんだなと思いました。それ

で、おきゅうじに出た時、お客さまをよく気をつけて見ました。ところが、どうでしょう、そのお客さまはどろぼうのかしらで、しかも、そでの中に短刀《たんとう》をかくして持っているのがわかりました。モルジアナはおどろいてしまいました。

「ふん、かたきと一しょに、塩をたべないのはふしぎじゃない。」と、モルジアナは心のうちでつぶやきました。ペルシャには、こういう迷信《めいしん》があるのです。

モルジアナは、すぐに自分のへやへもどって来て、おどり子の着る着物を着ました。そして、晩ごはんが終った頃を見はからって、短刀を片手ににぎって、お客さまのざしきへおどりをおどりに出ました。

モルジアナは大そうじょうずにおどって、みんなにかっさいされました。にせの商人は、さいふから金貨を一枚出して、モルジアナのタンボリン（手つづみ）の中へ入れました。その時モルジアナは、片手に持っていた短刀を、やにわに商人の胸《むね》につきさしました。

「ふとどき者め、お客さまをどうしようというのだ。」

アリ・ババがしかりつけました。するとモルジアナは落ちついて、

「いいえ、私はあなたの命をお助けしたのでございます。これをごらんくださいまし。」

と言って、商人がそでの中にかくしていた短刀を取り出して見せました。そして、この商人が、ほんとうは何者であったかということを申しのべました。

それを聞くと、アリ・ババは、ありがた涙《なみだ》にくれて、モルジアナをだきしめました。

「お前はわしの息子のおよめさんになっておくれ、そしてわしの娘になっておくれ、それがわしにできる一番の恩返《おんがえ》しだ。」と、言いました。

さて、それからずいぶん後までも、アリ・ババは、こわがって、あのふしぎなほら穴へ行ってみようとはしませんでした。しかし、ある年の末《すえ》、もう一度行ってみました。ところが、どろぼうたちが死んでからは、だれも来ないらしく、中は昔のままでありました。それでもう、こわい者が一人もいなくなった

ことがわかりました。

それから後は、「開け、ごま。」と、アリ・ババが、まほうの言葉を唱《とな》えさえすれば、あのふしぎな戸がすうーっと開いて、穴の中には、持ち出しても、持ち出してもつきることのないほどの、宝がありました。それで、アリ・ババは、国じゅうでならぶ者もないほどの、大金持になってしまいました。

船乗シンドバッド

バクダッドの町に、ヒンドバッドという、貧乏《びんぼう》な荷かつぎがいました。荷かつぎというのは、鉄道の赤帽《あかぼう》のように、お金をもらって人の荷物を運ぶ人です。

ある暑い日のお昼から、ずいぶん重い荷物をかついで歩いていましたが、しずかな通りへさしかかった時、大そうりっぱな家が立っているのが、目に入りました。ヒンドバッドは、その門のそばで、少し休むことにしました。

その家は、とてもりっぱでした。ヒンドバッドは、まだこんなにりっぱな家を見たことがありませんでした。家のまわりの敷石《しきいし》の上には、香水《こうすい》がまいてありました。

ヒンドバッドの足は、つかれて、熱《あつ》くなっていたものですから、その敷石は大へん気持がようございました。

そして、開いてあるまどからも、何ともいえぬいい香《かお》りが、におってきていました。

ヒンドバッドは、まあ、こんなりっぱな家には、いったい、どんな人が住んでいるのだろうかと思いました。

それで、玄関《げんかん》に立っている番人《ばんにん》に、

「これはいったい、どなたの家ですか。」と、聞いてみました。

この番人は、ずいぶん上等《じょうとう》の着物を着ていましたが、ヒンドバッドの言葉を聞いて、目をまるくしました。そして、

「まあ、お前さんは、バクダッドに住んでいながら、私のご主人さまの名を、知らないというのかい。船乗のシンドバッドさまといって、世界じゅうを船で乗りまわして、世界じゅうで一番たくさん、ぼうけんをした方じゃないか。」

と、言ったのでした。

ヒンドバッドも、今までたびたび、このふしぎな人の名前と、その人が大したお金持であるといううわさは、聞いていました。それで、ははあなるほどと思って、もう一度、その御殿のような家を見上げました。それからまた、上等の着物を着ている番人を、じろじろ見ていました。そのうち、だんだん悲しく

なってきたし、また、ねたましくもなってきました。

「あああ。」ヒンドバッドは、そう、ため息《いき》をついて、荷をかつぎ上げました。

そして、天をあおぎながら、ひとりごとを言ったのです。

「まあ、なんて、ここの家の主人と、私とは、ちがうのだろう。まるで、天と地とのちがいだ。ここの家の主人は、毎日々々、お金を使いたいだけ使って、その日その日を楽しく遊ぶよりほかには、何にもすることがないのに、私ときたら、朝から晩まで、せっせと汗《あせ》を流して働いても、やっと、まずいパンを少しぽっちしか、買うことができないんだ。ああ、ああ、まあどうしてこの人は、そんなに仕合せになれたんだろう。そしてまた、私は、どうしてこう、年《ねん》がら年じゅう貧乏なんだろう。」と。

そして、三十メートルばかり歩いていると、一人の召使《めしつかい》が追っかけて来て、後からヒンドバッドの肩をたたきました。そして、

「家のだんなさまが、お前さんに会いたいから、つれて来いと、おっしゃられ

た。さあ、ついておいで。」

貧乏《びんぼう》な荷かつぎは、びっくりしました。きっと、さっきのひとりごとが、聞えたんだな、と思ったものですから。

けれども、召使は、そんなことにはおかまいなしで、さっさとヒンドバッドを家の中へつれて入り、大広間《おおひろま》へ通しました。

大広間には、大勢のお客さまが、テーブルをかこんで腰《こし》かけていました。テーブルの上には、おいしそうなごちそうが、いっぱいならべてあります。一ばん上座《じょうざ》に、まっ白いひげをはやしたりっぱなおじいさんが、どっしりと腰かけていました。この人がシンドバッドだったのです。

シンドバッドは、びっくりしているヒンドバッドの方を向いて、にこにこしながら、自分のとなりへ来て腰をかけるようにと、手まねきをしました。

そして、ヒンドバッドが腰をかけると、テーブルの上のごちそうを、とってやるようにと、召使に言いつけました。

召使は、ヒンドバッドの前の皿《さら》に、ごちそうをたくさんもり上げ、コップには、上等《じょうとう》のお酒をなみなみとつぎました。

ヒンドバッドは、これは、ゆめではないかと、思いはじめました。

ごちそうをたべ終ってから、シンドバッドはヒンドバッドの方を向いて、さっき、まどの外で、何を言っていたのか、と聞きました。

ヒンドバッドは、大そうはずかしくなって、思わずうなだれてしまいました。そして、

「だんなさま、ごめんください。あの時は、大へんくたびれていたものですから、つい、ばかげたことを言って、失礼《しつれい》いたしました。どうぞ、お気におかけくださいませんように。」と、言いました。

シンドバッドは、

「いや、なんで私が、お前さんをとがめたりするもんですかね。私は、お前さんを、ほんとうに気の毒《どく》だと思っていますよ。けれどもお前さん、私が、しじ

ゆうのんきにくらしているのだと、思っちゃあこまります。それからまた、らくらくとこの財産《ざいさん》をつくり上げたと思っても、いけませんよ。これまでになるには、何年も何年も、全《まった》く命がけでかせいだからなんです。」と、言いました。

それから、ほかのお客さまの方へ向きなおって、

「そうです、皆さん、私が今までに出あった数々のぼうけんは、どなたにだっておできになることではありません。私がきょうまでにした七へんの航海《こうかい》の話は、まだ一度もお耳に入れたことがありませんでしたが、もしも皆さんが聞きたいとお望《のぞ》みになるのなら、今晩からはじめてもいいと思います。」

と、言いました。

それから召使に、荷かつぎの荷物を、家までとどけてやるように、と言いつけました。

ヒンドバッドは残って、一番はじめの航海の話を聞くことになりました。

一番《ばん》はじめの航海《こうかい》の話《はなし》

私の父は、かなりたくさんの財産《ざいさん》を残して死にました。その時分、私はまだ若かったものですから、それをむだ使いして、も少しですっかりなくするところまでゆきました。しかし、これはうっかりしていると、貧乏人《びんぼうにん》になってしまうぞと、気がついたものですから、急に大決心を起しました。そして、残っているお金をかぞえてみて、商売《しょうばい》をすることにきめました。それから私は貿易商《ぼうえき》人の仲間へ入り、船に乗りこむことにしました。次から次と、船がつく港《みなと》で、持って行った品物《しなもの》を売ってお金にしたり、また、あちらの品物ととりかえっこをしようと思ったからです。

まず、私の、一番はじめの航海がはじまりました。

はじめの二三日は、私はだいぶ、船によいました。けれども、やがて、だんだんなれてきて、よわなくなってしまいました。

さて、ある夕方のことでした。風がぴったりとしずまって、船のゆれも、ばったりとまってしまいました。

ちょうどその時、私どもは、青々と草のはえた、平たい小さな島のそばを走っていたのです。その島は、まるで牧場《まきば》のようで、その向うに青々とした海が見えていました。船長《せんちょう》はみんなに、この島へ上って、少し休んでもいいと言いました。

私どもは大よろこびで、さっそく、この緑の牧場に上りました。そして、そこらじゅうを歩きまわったり、寝ころんだりしました。中でも、私たち五六人の者は、たき火をして、晩《ばん》ごはんをこしらえようとしました。

やっと、たき火がもえついた時分でした。船から、大きな声で、

「早く、帰って来ーい。」

と言う声が、聞えました。

私どもが、島だとばかり思っていたのは、ほんとうは、ねむっていた、くじ

らの背中《せなか》だったのです。

みんなは、波打《なみう》ちぎわへつないでおいたボートをめがけて、いちもくさんに走り出しました。けれども、私がまだボートまで行きつかないうちに、早くも、このくじらは、海の中へもぐってしまったのであります。

私は水の中で、ずいぶんもがきました。そして、やっと板きれにとりつきました。それは、たき火をするために、船から持って来たものでした。

ところが船では、何かごたごたがあって、私のことなんか忘れていたらしいのです。船長は、風が吹き出すと、船を出してしまいました。

私は、波にもまれながら、とうとう、おき去りにされてしまったのであります。

それから一晩じゅう、私は水につかっていました。そして、朝になった頃には、もうへとへとにくたびれてしまって、死ぬよりほかには仕方がないと思っていました。

けれども、ちょうどその時、大へん大きな波がやって来ました。そして、私を持ち上げたかと思うと、ある島のがけの下へ打ち上げました。

うれしいことには、そのがけは、よじのぼることができました。この上は、青々と草のはえた原っぱでした。そこで私は、まず何よりも休みました。

すぐに気分がなおりました。けれども、大そうお腹《なか》がへっていたので、何かたべる物はないかとさがしに出かけました。

少し行くと、おいしそうな果物《くだもの》の木がありました。そのそばに、きれいな水がふき出している泉《いずみ》もありました。

私はそこで、まず食事《しょくじ》をすまして、また何かほかにないかと思って、島の奥《おく》の方へ歩いて行きました。

すると、ほどなく牧場に来ました。馬が、あちこちにはなしてあって、みんな草をたべていました。

しばらく、ぼんやり立っていますと、人の話し声が聞えてきました。耳をすましていると、それがどうも、地の下で話しているようなのです。

まもなく、草の間にかくれてあった穴から、ぬうーっと人が一人出て来ました。そして、私を見つけると、お前はだれか、どこから来たのか、とたずねました。

それから、私を穴の中へつれて入りました。穴の中には、仲間らしい人がたくさんいました。そして、自分たちは、この島の王さまの馬がかりで、馬を買いに、この牧場へ来ているのだと言いました。

私に、おいしい食べ物をくれて、

「お前さんは、ほんとうに運《うん》がいい人だよ。もし、あした来たんだったら、もう私たちは帰ってしまっていたからね。道を教えてあげることは、できやしなかったんだよ。」

と、言いました。

あくる朝早く、私たちは出立《しゅったつ》しました。そして都《みやこ》につきました。

王さまは私をよろこんで迎えてくださいました。私が出あったさいなんの話

をお聞きになり、

「この者に、不自由をさせないように、気をつけてやれ。」

と、家来《けらい》にお言いつけになりました。

さて、私は、大へん船がすきでしたから、そこにいる間、毎日のように、はとばに出かけて、ボートから荷物をおろすのを、見てくらしました。

ある日のこと、いつものように、あちこちの船につんである、荷物をながめていました時、その中に、私の名を書いたこうりが、たくさんつんであるのを見つけました。それで、すぐに、その船長のところへ行って、そのこうりの持主《もちぬし》はだれです、と聞いてみました。

すると船長は、

「ああ、それはね、バクダッドの商人の、シンドバッドという人のです。その人は、航海に出るとまもなく、むごたらしい死に方をなすったのです。ある時、この船に乗っていた人たちが、ねむっていた大きなくじらの背中を、草のはえている島だと思って、その上に上ったのです。そして、たき火をしました。すると、熱いので、くじらが目をさまして、いきなり海へ沈《しず》んでしまったのです。それで、たくさん人が死にました。その中にシンドバッドさんもいたのです。そういうわけですからね、私はこの品物をすっかり売って、お金にして、あの方の身内《みうち》とか、しんるいとかいう人でもあったら、お渡ししたいと思っているのです。」

と、話したのでありました。

それで私は、

「船長、私がそのシンドバッドです。このこうりは、みんな私のです。」と、言いました。

すると、船長は、急におそろしい顔をして、

「まあ、世の中はゆだんもすきもありゃしない。おい、お前さんが何と言ったってね、私は、ちゃあんとこの目で、シンドバッドが海に沈んだところを見た

のだぜ。」

と、どなりつけました。

私は、すぐに、あれから後のことを何もかも船長に話しました。ところへちょうど、船に乗っていた商人たちが出て来て、私をほんとうのシンドバッドだと言ってくれました。

船長は、はじめて、大そうよろこびました。そして、

「すぐに、荷物をお引き取りください。」と、言いました。

私はその中から、なるべく見事なものをえらび出して、王さまにさし上げました。それから、あとの品はみな売りはらって、びゃくだんと、につけいと、しょうがと、はっかと、丁子香《ちょうじこう》とを買い入れました。

それからもう一度、この船長の船に乗って出かけました。

その帰りみち、私はある島で、持って来た香料《こうりょう》をみんな、大へん高く売ることができました。それで、いよいよバクダッドへ上る時には、一万円の金貨が

できていました。

家の者たちは、私が帰って来たので、大へんよろこびました。

それから私は、少しばかりの土地を買って、小ざっぱりした家を立てました。そして、安楽《あんらく》にくらして、こわい目にあったことは、みんな忘れてしまおうとしました。

ここで、シンドバッドは、一番はじめの航海の話を終りました。そして、音楽をはじめるように、また、もっとごちそうを持って来るように、と言いつけました。

さて、それがすんだ時、シンドバッドは、金貨で百円ほどを、ヒンドバッドにくれました。そして、もしも二度めの航海の話が聞きたかったら、あすの晩の、今時分にまたおいで、と言いました。

ヒンドバッドは、大いそぎで、自分の家へ帰って行きました。

皆さん、その夜、まあどんなにヒンドバッドのおかみさんや、子供たちがよろこんだか、お察《さっ》しください。

さて次の晩、ヒンドバッドは、一番いい着物を着て、シンドバッドの家へ行きました。

ゆうべと同じように、大そうなごちそうが出ました。そして、それがすんだ時、

「皆さん。今晩は、二度めの航海の話をしようと思います。これは、ゆうべの話よりか、もっともっとふしぎなことがたくさんあります。」と、シンドバッドが申しました。

二度《ど》めの航海《こうかい》の話《はなし》

家へ帰って、しばらくの間は、私も楽しくくらしていました。しかし、まも

なく、私は、ぶらぶらとその日その日をおくることが、いやになりました。そして、海の上へ乗り出して、波の上をとぶように走ったり、帆づなをびゅうびゅうならせて吹いてゆく、風の音を聞いたりしたくて、たまらなくなりました。

そこで私は、いそいでいろいろの品物を買いあつめ、もう一度、外国へ商売《しょうばい》に出かけることにしました。

それから、つごうのよさそうな船に乗って、大勢《おおぜい》の商人たちと一しょに、いよいよ二度めの航海に出かけました。

船は、みちみち、いろんな港につきました。私どもは、そのたんびに、持って来た品物を売って、大そうもうけました。そして、すっかり品物を売りはらってしまってから後のことでした。ある日のこと、私たちは、ある島につきました。

その島は、ほんとうに美しい島でした。エデンの園《その》かと思われるほど、きれいなところでした。たくさんの花が、にじのように咲《さ》きみだれて、じゅくした果物《くだもの》が、おいしそうにふさにな(っ)て、なっていました。

私は、まずこの木の下へどっかりとすわりました。そして、あたりを見まわしました。

そこら一面、見れば見るほど、美しゅうございました。私は、持って来た食べ物をたべたり、お酒を飲んだりしました。それから目をつぶりました。そばを、しずかに流れている、小川の流れの音が、歌のように聞えてきました。そのうちに、ぼーっとしてきて、私はねむってしまいました。

それから、いったい、どれだけ時間がたったのかわかりませんが、ふと目をさますと、一しょに来た人たちは、一人もいなくなっていました。びっくりして、海の方へさがしに行ってみますと、まあ、どうでしょう。船は、とっくに出てしまっているではありませんか。そして、はるか向うまで走って行って、ちょうど白い点を打ったように見えるだけであります。私は、この島におき去りにされてしまったのです。こんなことになるほどなら、どうしてあのまま、家にじっとしていなかったのかと、泣いて残念《ざんねん》がりましたけれど、仕方《しかた》がありませんでした。

私は、どうにかして島から出て行くことはできないものかと思って、高い木にのぼって、方々を見まわしました。

はじめに海の方を見ました。けれども、海には何にもありませんでした。

それで、こんどは、陸《おか》の方を見ました。すると、島のまん中ほどに、大きな、白い、円《まる》屋根のようなものが見えました。今まで一ぺんも、そんなものを見たことがないので、それが何だか、ちっともわかりませんでした。

私は、ともかく、木からおりました。そして、大いそぎで、その白い円屋根の方へ走って行きました。

しかし、いよいよそばまで行っても、それはかいもく何だかわかりませんでした。ちょうど大きなまりのようで、すべすべしていて、とても、よじのぼることなどできませんでした。また、それかといって、中へ入って行こうにも、戸らしいものや、入口らしいものが、一つもありませんでした。どうにもしようがないので、私はただ、ぐるぐるそのまわりをまわっていました。

すると、にわかに空がくもってきて、見る見る夜のように、まっ暗《くら》になってしまいました。

それで、おそるおそる空を見上げますと、大きな鳥がまいおりて来て、そのつばさのかげのために、こんなになったのだということがわかりました。鳥は、またたくまにおりて来て、白い円屋根の上へとまりました。

この時、ふと私は思い出したことがありました。それは、水夫《すいふ》たちに聞いていた、ロックという鳥のことです。それで、すべすべした円いまりは、その鳥の卵にちがいないと思いました。

こう思いつくと、すぐに私は、頭にまいていた布をといて、つなを作りました。そして、それを自分の腰《こし》のまわりにまわして、両方のはしを、しっかりとロックの足にむすびつけました。

「しめたぞ。この島は、今に、とび上るにちがいない。そして、きっと、私をこの島から、つれ出してくれるにちがいない。」私は、こうひとりごとを言って、よろこびました。

はたして、まもなく、私は地から持ち上げられました。そして、雲にとどくかと思うまで高くのぼってしまいました。それからまた、だんだん下へおりてゆきました。そして、地につきました。私は手早く、ずきんの布《ぬの》をときました。そしてロックからはなれました。

ロックにくらべると、私はお話にならないほど、小さいものでした。それでロックは、まるきり私に気がつかなかったらしいのです。ロックはすぐに、そばに寝《ね》ていた大きな黒いものの方へとびかかってゆきました。そして、それを口ばしでくわえて、とび上ってしまいました。

皆さん、それから私が、つくづくと、ほかにもたくさん寝ていた黒いものを見た時、まあ、どんなにおどろいたか、お察《さっ》しください。それはみんな、黒い大きな蛇《へび》だったのです。

なお、よくよくあたりを見ますと、ここは、岩のかさなりあった、深い谷底《たにぞこ》でした。どちらを向いても、びょうぶのようにけわしい山が、そびえていました。そして、岩の間には、このおそろしい蛇よりほか何にもいませんでした。

「ああ、こんなことなら、いっそあの島にいた方が、ましだった。わざわざ、もっとひどい目にあうために、この島へ来たようなものだ。」と、私は泣き泣き、ひとりごとを言いました。

そして、じっと岩を見つめていますと、何だか、きらきらとよく光る石が、そこら一面にちらばっているではありませんか。ふしぎだなと思って、ずっとよって見ると、それがみんな、大へん大きなダイヤモンドでありました。ちょうど小石くらいの大きさのものです。私は、とび上るほどよろこびました。

しかし、すぐに、おそろしい蛇が、私にかみつこうとして、ねらっているのに気がつきましたから、そのよろこびはどこへやら、背中にぞっとさむけがたちました。

蛇は、どれもこれも、大そう大きなものでした。象《ぞう》でも、一口にのみそうなものばかりです。昼間はロックがこわいので、じっとしていても、夜になると、のたりのたりとはいまわって、食べ物をさがすのでした。

私は、日がくれないうちに、岩の中の穴を見つけて、その中にしゃがんで、ふるえながら夜のあけるのを待ちました。そして朝になってから、もう一度、谷へ出て行きました。

さて、これからいったい、どうしたらいいのだろうと、じっとすわって考えていますと、ちょうど目の前へ、ころころと大きな生《なま》の肉のきれが、ころがって落ちてきました。それからまた、同じようなのが落ちてきました。そして、次から次と落ちてきて、見る見るもり上ってしまいました。

この時、私はふと、ある旅行家《りょこうか》から聞いた、ダイヤモンド谷の話を思い出しました。それは、毎年わしが卵をかえす時分になると、商人たちが、高い山へのぼって行って、生《なま》の肉のきれを、谷底をめがけてころがし落すのでした。すると、谷にちらばっているダイヤモンドが、その肉の中へ、はまりこみます。その肉を、わしがひなにやるために、くわえて帰って来るのです。商人たちは、そこを待ちかまえていて、わしを巣《す》から追い出して、肉の中のダイヤモンドをとるという話であります。

やがて、わしがまいさがって来て、肉のきれをくわえて、とび上ってゆきました。それを見ているうちに、ふとある考えが浮かびました。それで、とてもだめだと思ってしょげていた私は、元気を出しました。

そこで、まずあたりをさがしまわって、なるべく大きそうなダイヤモンドを拾って、ポケットにつめこみました。それからまた、肉の一ばん大きなきれを見つけて、それを、あのずきんで作ったつなで、からだへしっかりと、むすびつけました。わしがまたすぐに、えものを取りにおりて来るだろうと思ったからです。それから、肉のきれの下にもぐって、地面の上へねそべりました。そして、どうなることかと、じっと待っていました。

するとまもなく、わしが、すうーっとおりて来ました。そして、私のからだにむすばれてあった肉をつかんで、さっととび上りました。そして、高い高い山の上の、岩の間の巣の中へ、私を落しこみました。

すると、思った通り、すぐに岩の後《うしろ》から人が出て来て、大きな声でわしを追いたてました。わしは、びっくりして、そのままとび去ってしまいました。

この人は、この巣の番をしている商人で、肉の中のダイヤモンドをさがしに来たのでありましたが、私を見て、びっくりして、後へとびのきました。けれども、すぐに、

「お前さんはここで何をしているんだ。ああわかった。ダイヤモンドをぬすみに来たんだな。」

と、おこりつけました。

しかし、私は、落ちついて、

「まあ、お待ちください。私はけっして、どろぼうではありません。私の話をお聞きになったら、きっと私を、気の毒に思ってくださるでしょう。そして、きっとおとがめにはならないでしょう。それから、お望《のぞ》みのダイヤモンドなら、ここに少し持って来ましたから。」と、言いました。

そこへ、ほかの番をしている商人たちもやって来ました。私はみんなに、今までの、あぶない目にあった話をして聞かせました。商人たちは、私の勇気と、そんなあぶない目からうまくのがれたちえとに、びっくりして、ただただ目を見はっているばかりでした。

それから私は、手にいっぱいダイヤモンドをつかみ出しました。そして、みんなに見せました。みんなは、そんなりっぱなダイヤモンドを見たのは、はじめてのようでした。

「さあ、がっかりなさったかわりに、どれか一つお取りください。」

と、どなりつけた商人に言いました。

するとき、その人は

「では、この小さいのを一ついただきましょう。」と、言って、きらきら光っている中から、一ばん小さいのを一つ取り出しました。

私は、もっと大きいのをお取りなさい、とすすめましたが、その人は首《くび》をふって、

「これ一つあったら、私がほしいと思った財産《ざいさん》をつくることができます。私はもう、こんなあぶない思いをして、ダイヤモンドをさがしには来ますまい。」と、言いました。

それから、みんなで、港をさして出かけました。そして、そこから船に乗って、家へ帰ることにしました。帰りみちでも、いろいろあぶない目にあいました。けれども、ともかく、バクダッドへ帰って来ることができました。

私はダイヤモンドを売って、大へんなお金をもうけました。そして、たくさんのお金を貧乏人にほどこしました。そして前よりも、もっとお金持になって、

人からちやほやされるようになりました。

ここで、シンドバッドは話をやめました。そして、また百円、ヒンドバッドにくれました。それからヒンドバッドは家へ帰って行きました。

次の日の晩も、また、お客さまたちはあつまりました。ヒンドバッドも、やっぱりやって来ました。

シンドバッドは、また、あぶない目にあった話をしはじめました。すなわち、三度めの航海の話でありました。

三度《ど》めの航海《こうかい》の話《はなし》

私は、しばらく家にいて、楽しくくらしているうちに、だんだん、苦しかったことや、こわかったことを、忘《わす》れてゆきました。そしてまた、新しいぼうけんがしてみたくなりました。それに、まだ私は、家でしずかにして、ぶらぶらくらしている年ではない、と思いました。それでこの前の時のように、品物を買いあつめて、商売の旅《たび》に出ました。

商売《しょうばい》は、どの港でも、大へんつごうよくゆきました。品物がどんどん売れてゆきました。そして、こんどこそは、ひどい目にもあわないですみそうだと思っているやさき、ある日、大あらしがやって来ました。

船は、すっかり方向がわからなくなってしまって、船長でさえも、風下《かざしも》のある島のかげへ来るまでは、どこをどう進んでいるのか、かいもくわからないというほどでした。

仕方《しかた》がないので、私どもはともかくも、その島のかげで、あらしをよけるために、いかりをおろしました。

けれども、船長が、この島をつくづくと見た時、急にかみの毛を引きむしって、

「しまった、ここは猿《さる》の山にちがいない。」と、さけんだのであります。

それから船長は、この島へ来て、生きて帰った者はないのだ、という話をしました。なぜかというと、この島には、人よりも猿によくにたものがたくさん住んでいて、おまけに大そう、けんかずきだというのです。

船長のこの話が終らないうちに、もう小さなやつが大勢、海岸へ出て来たかと思うと、船をめがけて、ぽちゃぽちゃと泳《およ》いで来はじめました。

それが近づいて来た時、よくよく見ると、一寸法師《ぼうし》のようで、猿よりもにくらしいのです。そして、からだじゅうに赤い毛が、ぎっしりはえていました。

やがて船に泳ぎつくと、みんなして船を海岸へ引っぱって行きました。そして、私どもを陸《おか》に追い上げて、こんどは自分たちばかりが船に乗って、ほかの島をさして、こいで行きました。

私どもは、こわごわ、そこらじゅうを歩いてみました。そして、果物《くだもの》や木の根を見つけて、たべました。

夕方になってから、向うに高い御殿《ごてん》が立っているのが、見つかりました。それで、そこにかくれるところがあるかもしれないと思って、行ってみることにしました。

御殿には、こくたんの大きな戸が閉まっていました。おすと、すぐに開きました。私どもは、中庭へ入って行きました。だれもいないで、ひっそりとしていました。

しかし、しばらく見まわっているうちに、骨《ほね》を小山のようにつみかさねてあるところへ来ました。そこには、物を焼く時に使うかなぐしが、いっぱいちらばっていました。

わけがわからないものですから、私たちは、だいぶ長い間、じっとそれを見ていました。すると、太い、雷《かみなり》のような音が聞えてきました。みんなが、その方をふり向くと、ちょうど、こくたんの戸がそろそろと開きかかっているところでした。そして、いいいくれないと金をまぜたような夕やけの空の中に、ぬうーっとあらわれたのは、おそろしい大入道《おおにゅうどう》でした。

その大入道は、松やにのようにまっ黒な色をしていて、しゅろの木のように背が高いのです。ひたいのまん中に、一つ、まっ赤な目《か》がありました。それはちょうど、石炭《せきたん》がもえている時のように、ぎらぎら光っていました。口は、まっ暗な井戸のようで、くちびるは、らくだのように胸までぶらさがっていました。そして、耳は象のように大きくて、肩のへんまでたれていました。また爪《つめ》は、わしのようにとがっていました。

私どもは、この大入道を一目見るやいなや、気をうしなって、そのままそこにたおれてしまいました。

やがて、息《いき》をふき返してみると、大入道は、私たちを一人ずつ、つまみ上げて、そのまっ赤な目で、ていねいにしらべているところでした。

すぐに私がつまみ上げられました。私は、高いところで、ぶらんぶらんしていました。大入道は、ぐるぐる私をまわしながら、からだの方々をつねってみるのです。太っているかどうか、こうしてしらべるのです。やがて、私が骨と皮ばっかりにやせているのがわかると、下へぽーんと投げました。それから、また、仲間の一人をつまみ上げました。この人も、くるくるまわされたり、つねられたりして、苦しそうでした。その次には船長をつまみ上げました。この人は、みんなの中では、一ばん太っている人です。大入道は、にやりと笑って、船長をかなぐしに、ぷすりとさしこみました。そして焼きはじめました。

それから船長を、夕ごはんにしてたべてしまうと、ぐうぐうねむりはじめました。そのいびきは、一晩じゅう、雷がごろごろ鳴りひびいているようでした。

そして朝になると、私たちには目もくれないで、さっさと出かけて行きました。

すぐに、私どもは、よりあつまって、自分たちの不運《ふうん》を悲しみあいました。

そして、どこかほかに、かくれ場をさがそうと思って、御殿を出て行きました。

しかし、島じゅうどこにも、そんなところはありませんでした。

夜になって、仕方なく、また御殿へ帰って来ました。

すると、まもなく大入道も、外から帰って来て、また仲間の一人をつかまえて、きのうの船長と同じようにして、たべてしまいました。

次の朝、大入道が出かけて行った後、私どももやっぱり、出かけました。こんどは、もう一度この御殿へ、たべられに帰って来るくらいなら、いっそ海へ身を投げて、死ぬ決心《けっしん》でした。

それから、方々さがしても、やっぱりどこにも、かくれ場はありませんでした。そして、出るともなく海岸へ出てしまいました。すると、仲間の一人が、

「私たちは、もう神さまに見はなされてしまったのです。あんなにして、一人々々殺されてゆくよりも、いっそ、みんな一しょに死んでしまおうじゃありませんか。」

と、言いました。

「なるほど、それももっともです。しかしまあ皆さん、私の考えも、ひとつお聞きください。」

と、私はそれに答えてから、口をきりました。それから、

「このあたりに流れついている流木《りゅうぼく》を拾って、いかだを作りましょう。そして、もしもあの大入道を殺すことができなかったら、それに乗って、にげたらよいじゃありませんか。いかがです。」

と、相談してみました。

するとみんなこの話に、さんせいしてくれました。そして、夕方までにいかだを作り上げて、海岸につないでおきました。

さて、それから、帰りたくもない御殿へ、いやいやながら帰って行きました。きっと今晩も、だれかが殺されて、たべられてしまうにきまっていましたが。

大入道は、また一人を、いつものように夕ごはんにしてたべると、大いびきで寝てしまいました。そこで私どもは、しずかに、大きなかなぐしを二つ、取り上げました。そして、かっかっと石炭がもえている中へ、つっこみました。そして、それがまっ赤になるのを待って、こっそりと大入道の寝ているそばへ、近よって行きました。それから、みんなで力をあわせて、そのかなぐしを、大入道の目の中へつきさしました。

大入道は、おそろしいうなり声を立てて、痛《いた》いのと、腹が立つのとで、とび起きました。そして、うでをのばして、私どもをつかまえようとしました。けれども、もうめくらになっているものですから、私どもはうまくにげまわって、すみの方にうつぶしになっていました。それで、とうとう一人も、つかまえられませんでした。

大入道は、わあわあ泣きながら、やっと、こくたんの戸のところまで行きました。そして、手さぐりで戸をあけて、まっ暗なやみの中へ消えていってしまいました。その泣き声が、いつまでもいつまでも、夜の空にごーごーと鳴りひびいていました。

私どもはすぐに、いかだをつないであった海岸をさして、走って行きました。そして、そこで、大入道が死んでしまったのか、まだ生きているのかわかるまで、待つことにしました。

けれども、やっぱり、私たちは運が悪かったのです。夜があけてゆくにしたがって、雷のような足音が聞えてきはじめました。それは、おこったあの大入道が、仲間を二人つれて来る足音でした。二人とも、さっきの大入道にまけずおとらずの、おそろしく背の高いやつでした。

私どもは、それを見るやいなや、大いそぎでいかだに乗りました。そして、沖《おき》へ向ってこぎ出しました。

すると、大入道たちは、岩を拾っては、いかだをめがけて、投げはじめました。そのため、私のいかだよりほかのいかだは、みんな海に沈んでしまいました。私のいかだには、ほかに二人の仲間が乗っていましたが、三人とも、どうしてもここからにげたいと思いました。それで、あるかぎりの力を出して、こぎました。それで、まもなく、ほかの島へつくことができたのです。

この島には、大そうおいしい果物がありました。私どもは、たべたり、休んだりして、しばらくつかれをなおしていました。

するとにわかに、ざーざーと、おそろしいひびきが聞えてきました。そして私どもは、何だか急に気分が悪くなってしまいました。仕方がないので、じっとしていますと、とても大きな蛇が、ぬうーっとはいよって来ました。そして、あっというまに、仲間の一人をのんでしまいました。

「ああ、やっと一つのがれたと思えば、こんどは前よりも、もっと悪いことがやってくる。ほんとうに、どうしたらここからにげて行くことができるのだろう。」

と言って、私たちはなげきました。

それでも、助かった二人は、走りつづけて、やっと高い木の下まで来ました。そして、大いそぎで、その木へのぼりました。

その木には、運よくも、果物がなっていました。そこで二人は、まずお腹《なか》をこしらえました。

その夜、私は、一ばん高い枝にのぼっていましたが、また蛇のざーざーいう音で目をさましました。すると、どうでしょう、蛇は、木にぐるぐるとまきついて、今にも、たった一人の私の仲間を、のもうとしているのです。そして、あっというまもなく、また大きな口をあけて、ぺろりとのみこんでしまいました。

「ああ、こうなっちゃ、もうどうしたってだめだ。晩にのまれるのを、じっと待っているよりも、いっそ、がけの上から、海へとびこんで死んでしまおう。」

こう、私はひとりごとを言いました。

けれども、海べまで来てみますと、そんなことをするのは、あんまりいくじがなさすぎると考えたのであります。

そこでまた、引き返してきて、木の枝だの、あしだの、いばらだのを、できるかぎりあつめました。そして、それをたばにして、しっかりとゆわえ、それでもって、木の下に円《まる》い小屋のようなものを立てました。そして、そのてっぺんを、かたくかたくむすびあわせて、どこにも蛇が入って来るすきまがないように、ていねいに作り上げました。

さて、その晩も、おそろしいざーざーいう音が聞えてきました。けれども、蛇はただ、小屋のまわりを、ぐるぐるとすべりまわっているだけでした。私は、おそろしさのあまり、死んだ人のようになって、ふるえながら夜をあかしました。

こうしてまた、私は助かりました。そして、海べへ出て行きました。こんどこそは、もう身を投げて死のうと、きめて行ったのです。あんなおそろしい目にあうのは、とてもがまんができないと思ったものですから。

しかし、ありがたいことには、海べに立って、沖《おき》の方をながめていますと、一そうの白帆《しらほ》の、こちらへ近づいて来るのが見えました。

私はずきんをとって、むちゅうになってふりまわしました。するとまあ、なんてうれしいことでしょう、その船からはボートをおろしました。私を助けに来るのです。

まもなく、私はその船に乗ることができました。そして、いっさいの話をしました。だれもかれも、私をかわいそうに思って、大そうしんせつにしてくれました。そして、新しい着物を出してきて、

「そのぼろぼろになった着物と、お着かえなさい。」と、言ってくれる人もありました。そのほか、いろんなことをして、私をなぐさめてくれました。

そんなにして、航海をつづけているうちに、びゃくだんの木が、いっぱいはえている島へつきました。そこで、いかりをおろして、商人たちは島の人たちと取引《とりひき》をするために、陸《おか》へ上ってゆきました。

そのあとで、船長が私を呼んで言うには、

「じつは、少しお願いしたいことがあるのですが、聞いてくださいませんでしょうか。ほかでもありません。まあ、このたくさんの荷物を見てください。これはみんな、この船に乗っていたバクダッドの商人のものなのですが、気の毒なことには、その人を、ある島へ、おき去りにしてしまったのです。それで私は、この荷物をみんな売りはらって、そのお金を、その商人の家の人にあげたいと思っているのですが、あなた、これを陸へ持って上って、売ってくださいませんでしょうか。もちろん、分《わ》け前《まえ》はさし上げるつもりなんですが。」とのことなのです。
　そこで、私は、
「それは、けっこうなお考えです。だが、その商人の名前は、何というのでしたか。」
　と、聞いてみました。すると、船長は、
「シンドバッドというのです。」と、答えたではありませんか。
　私は、こうりについている、私の名前をしらべてみました。それから、船長に、
「その人は、ほんとうに死んだのですか。」と、聞きました。
　船長は、
「それが気の毒なんです。とてもあの島では、助かっている見こみはありません。」
　と、答えました。そこで、私は船長の手をとって、
「船長、私の顔をよーっくごらんください。あなたはこの顔に、おぼえはあり

ませんか。私こそそのシンドバッドです。あのロックの島にとり残された、シンドバッドです。」

と、言いました。そして船長に、いろいろこわい目にあった話をして聞かせました。そのうちにだんだん、私がシンドバッドだということが、わかってきました。そして、大よろこびで品物をみんなと、今までにほかの島で私の品物を売ってもうけたお金とを、私に渡してくれました。

それからまもなく、私たちはバクダッドにつきました。私は、こんどの商売では、とてもかぞえきれないほど、お金をもうけていました。それで、もっと土地を買って、またたくさんのお金を貧民どもにほどこしました。そしてまもなく、あぶなかったことや、苦しかったことを、みんな忘れてしまいました。

そこで、三度めの航海の話は終りました。

シンドバッドは、また、ヒンドバッドに百円やるようにと、召使に言いつけました。

それからまた、ヒンドバッドは、第四航海の話を聞きに来ました。

四度《ど》めの航海《こうかい》の話《はなし》

三度めの航海の後は、私は大へんゆたかに、仕合《しあわ》せにくらしていました。しかし、皆さん、あきれてはいけません。また私は、ただお金持で、ぼんやり家にいるのでは、どうも満足《まんぞく》ができなくなりました。旅をして、いろいろのぼうけんをしたいと思う心が、おさえても、おさえても、どうしてもやみませんでした。

私は、また、商品を買いあつめました。そして、仲間の商人と一しょに船に乗って、外国の港をさして、出かけました。

船は、いろいろの港につきました。私どもは、それぞれお金もうけをしました。

ところがある日、大あらしがやって来たのです。そして、船長でさえも、船をどうすることもできなくなってしまいました。

帆《ほ》は風のためにぼろぼろにちぎられて、まるでリボンのようになってしまいました。波は、何べんも何べんも、かんぱんの上をあらって、そのうちに船は、とうとう沈みはじめました。

乗組員《のりくみいん》と、お客さまの大部分は、おぼれてしまいました。しかし、私ども二三人は、やっと板きれに、とりつくことができたのです。そして、一晩じゅう、おそろしい思いをしながら、波にただよっているうちに、ある島へ流れつきました。

「生きているより、死んだ方がましだった。」

そう思いながら、夜があけるまで、海岸にたおれていました。

やがて、朝になってから、何かたべるものがほしくなったので、島の奥《おく》の方へ歩いて行きました。大して歩きもしないうちに、まっ黒な、やばん人《じん》のむれに行きあいました。

このやばん人どもは、すぐに私たちをとりまいて、自分らの小屋の方へ、引っぱって行きました。そして、まずはじめに、食べ物をくれました。私の仲間は、それをがつがついってたべました。けれども私は、もともと用心ぶかいたちですから、たべるふうだけしておきました。なぜかと言いますと、どうもこのやばん人どもは、人間の肉をたべているらしく思われたからです。

でも、ほんとうに、たべないでよかったのです。私の仲間は、食べ物をのみこむと、まもなく気をうしなってしまいました。そして、やがて気がついた時は、もうすっかり気ちがいになっていました。

これはどう見ても、やばん人どもが、何かたくらんでいるのにちがいないと思いました。

その次にまた、ごはんの上にやしの油をどっさりかけて、持って来ました。

この時は、

「はーあ、こうして、みんなを太らせておいてから、たべるんだな。」と、わかりました。

それとともに、私は大そうこわくなりました。それからは、いよいよ何にもたべませんでした。それで、大へんやせてしまいました。だれだって、殺してたべようとは思わないほどに、なってしまいました。

さて、ある日、年とったやばん人《じん》が、ただ一人、番をしているきりで、みんな出て行ってしまったことがありました。それで、私はやすやすとぬけ出すことができました。

私は、できるかぎり大いそぎで、森の中へ走って行きました。そしてそこで、七日ほどすごしました。

しかし、やがてまた走り出て、とうとう島のはんたいのかわへ行きつきました。

そこには、西洋人《せいようじん》たちが、こしょうを取りに来ていました。そして私を見て、大へんびっくりしました。それから私の話を聞いて、なおなお、おどろいてしまいました。

「あのやばん人どもは、だれだって見つかりしだい、殺してたべてしまうのです。無事《ぶじ》ににげ出して来たのは、きっとあなた一人でしょう。」と、言いました。

それから私を、自分たちの船に乗せて、その国へつれて行きました。そして、王さまのお目通《めどお》りへ、つれて出ました。

それから、みんなは、なかなかしんせつにしてくれました。

王さまも、とくべつにお取立《とりたて》てくださって、高い位《くらい》につけてくださいました。

さて、その島は、大へんお金のたくさんある島でした。そして、都《みやこ》では、さかんに商売が行われていました。私も、すぐに仕合せになって、満足《まんぞく》していました。

しかし、この島で、おどろいたことには、だれもかれも、馬によく乗るのですけれど、くらやあぶみや、たづなを使う者がないのです。それで、ある日、私は王さまに、

「陛下《へいか》、なぜ、この国では、くらをつける人がないのでございますか。」

と、うかがってみました。

するとで王さまは、ふしぎそうな顔をなすって、

「何を言ってるのかね。わしはまだ、そんな言葉を聞いたことがないよ。」

と、おっしゃったのです。

そこで私は、なめし皮を作る職人《しょくにん》の中から、りこうそうなのを一人つれて来て、りっぱなくらを作ることを教えました。そして、私もまた、あぶみだの、はくしゃだの、たづなだのを作りました。そして、これらがみんな出来上ってから、そろえて王さまにさし上げました。そして、どういうふうに使うということもお教えしました。

すると、すぐに王さまは、それをお使いになって、大そうおよろこびになりました。

また、それを見て、身分の高い人たちは、だれもかれもほしがりました。そ

れで、私はまた、みんなに作ってやりました。

さて、そのうちに、私は、この島でも指おりの金持になってゆきました。王さまは、とうとう私に、この島の美しい娘と結婚《けっこん》をして、この島の人間になってしまうように、とおっしゃいました。

私は、その美しい娘というのを見ました。すると、王さまのご命令通《めいれいどお》りにしたくなりました。それから二人は、一しょに仲よくくらしてゆきました。私は、そろそろバクダッドのことを忘れはじめました。

しかし、ある日のことでした。大へんなことが起ってしまいました。というのは、私がふだん仲よくしていた、近所のおかみさんが死んだのです。大へん気の毒に思ったものですから、すぐおくやみに行きました。そして、

「あんまりくよくよなさらないように。おかみさんはああして、早くおなくなりなすっても、そのかわりにあなたが、長生きがおできになりましょうよ。」と、言いました。

その人は、うつむいたまま、じっと私の言うのを聞いていましたが、やがて、

「よしてください。どうして、あなたは、私がこれから長生きができるなんて、おっしゃるのです。私はもう二三時間したら、家内《かない》と一しょに、うずめられてしまう身じゃありませんか。……ああ、あなたはまだ、この国のおきてをご存じなかったのですね。ここでは、妻《つま》が死んだら、夫はそれと一しょにうずめられるのです。そしてもし、夫の方《ほう》が先に死ねば、妻がそれと一しょにうずめられるのです。」

と、言うではありませんか。

「まあ、なんておそろしいことだろう。そんなことは、とてもほんとうとは思われない。」

私は、それを聞いて、こうさけびました。

それから、王さまに、このことをうかがいました。すると王さまは、ただそれは、この国のおきてなんだから、そうされるのだ、とおっしゃったきりでした。

それから、だれに聞いても、これをふしぎに思っている人はありませんでした。まあなんてこわいことだろう、なんていやなことだろう、と思っているうちに、とうとうそれが、私の身の上にふりかかってきました。ある日のこと、私の妻《つま》が、病気になったのです。そして、わずかのわずらいの後、とうとう死んでしまったのです。

すると、町の人がやって来て、妻に一番いい着物を着せました。そして、髪《かみ》には宝石をかざりました。それから、高い山の上へ運んで行きました。

山の上には、石が一つおいてありました。その石を持ち上げると、下は深い深い穴になっていました。そしてその中へ、私の妻は落されてしまいました。

私は、どうか助けてくださいと、ずいぶんたのみました。しかし、だれも、私が何を言っているのか、聞こうともしませんでした。せっせと、小さいパンを七つと、水さしにいっぱいの水とを用意していました。そして、それを私に持たせて、穴の中へつき落し、石のふたをしてしまいました。

私はたった一人、暗《くら》い穴の中に、とじこめられてしまったのです。しばらくの間は、泣くにも泣かれませんでした。

それから七日の間は、ともかくも、少しながらもパンと水がありましたから、生きていることができました。しかし、それもとうとうなくなってしまった時、私は、いよいよ死ぬのだなと思いました。

その時、急に、ほら穴の向うがわに、何か生きた物がとびこんで来たのが、目に入りました。そして、その小さな、ねずみ色をしたものが、私の前をぴょんととんで行きました。

私は、はっと立ち上りました。そして、そのあとを追いました。すると、まもなくそれが、岩のわれ目の中へ入って行きました。私もまた、思いきって、その中へとびこみました。中は大へん、きゅうくつでした。おしつぶされるような思いをしながら、なおもそのあとをつけて行きました。そして、これは、ずいぶん来たもんだな、と思った時でした。気持のいい海の風が、熱《あつ》くなっていた私のほおに、さっと吹いてきたのです。まもなく私は、ほら穴からぬけ出すことができました。そこは、青々とした空の下の海べでした。

私がついて来た、小さなけものは、きっと、この道から入ったのでしょう。それで、出る時、私に道案内《あんない》をしてくれたようなものでした。

それからまた、私は勇気《ゆうき》を起して、もと来た道へ引き返しました。そして、ほら穴の中にちらばっていた、宝石を拾《ひろ》いあつめ、それを、こうりにつめて、また海べへ出て来ました。そして船が来るのを待つことにしました。

一日じゅう私は、じっと沖を見つめていました。

やっと次の朝になって、うれしや、とうとう一そうの船を見つめることができました。私は、さっそく、ずきんをといてふりました。それから、大きな声で呼びました。すると、まもなく、ボートがおろされて、私の方へこいで来ました。

「どうして、こんなところへ、いらっしゃったのです。私たちはまだ、ここの海岸に人がいたのを、見たことがありませんよ。」

と、ボートの水夫たちが言いました。

その時、私はどうしても、墓穴《はかあな》から出て来たのだとは、言うことができませんでした。もしも、もとのところへつれ返されたら、大へんだと思ったものですから。……それで、

「二三日前、難船《なんせん》して、やっと、このこうりだけ持って上ったのです。」と、言っておきました。

つごうのいいことには、水夫たちは、もう何にも問いませんでした。そして、すぐにボートをこぎ出して、私を本船《ほんせん》へつれて行ってくれました。

こんなふうにして、また無事《ぶじ》に帰って来ました。もちろん、前よりも一そう金持になりました。そして、あんなおそろしい目にあっても、助かったとは、まあなんてありがたいことだろう、と思ったのであります。

ここで、シンドバッドはやめました。そして、ヒンドバッドは、また百円もらい、またあすの晩も来るように、その時は五度めの航海の話をするから、と言われました。

五度《ど》めの航海《こうかい》の話《はなし》

さあ、これから、五度めの航海の話をはじめようと思います。（あくる晩、みんながテーブルのまわりに腰をかけた時、シンドバッドは、こう口をきりました。）

ご存《ぞん》じのように、今まで、ずいぶんひどい目にあっていながら、私のぼうけんずきは、やっぱりやみませんでした。家の中にじっとしていることがじれったくて、またまた、海へ行きたくてたまらなくなりました。

そして、こんどは、ひとの船に乗らないで、自分の船を作りました。そうすれば、どこへだって、行きたいと思うところへ行けますし、したがって、したいと思うことをやって、商売ができるわけです。

さてこの船は、かなり大きゅうございましたので、ほかに五六人の商人も乗りこんでもらいました。そしてまた、海へ乗り出しました。

それから、五つ六つの港へつきました。商売は、とんとんびょうしにはこびました。

するうち、ある日のこと、ふしぎな白い円《まる》屋根のある、沙漠《さばく》のような島へ来ました。私はすぐに、ははあ、ロックの卵だなと思いました。しかし、ほかの人は、まだ、だれも見たことがないというのです。そして、ぜひ見てゆきたいから、上らせてくれというのです。仕方がないので、ゆるしました。

その人たちは、近づいて行って、ふしぎそうに見ていました。ちょうどその時は、ロックのひなが今にもかえりそうになっていた時で、少し口ばしで、からを破《やぶ》ろうとしておりました。

すると商人たちは、私がとめるのも聞かないで、この卵をこわしてしまいました。そして、ひなのロックを引き出して、りょうりをしはじめました。私は、そんなことをすると、きっとあとでこわい目にあうにちがいないから、およしなさい、およしなさい、と言ってとめました。しかし商人たちは、かまわずどんどん、いろんなごちそうに作っていました。

するとそれからすぐでした。急に空がまっ暗になって、あのロックの大きな黒いつばさが、私どもの頭の上へおおいかぶさってきました。

私たちは命からがら船へ帰りました。船長は、さっそく船を出しました。親鳥が大へんおこっているということが、わかりましたから。

おそろしい大きな鳥は、すぐに海の上へ追っかけて来ました。空は見る見るまっ暗になってしまいました。見上げると、大きなつばさがぴゅーんぴゅーんと風をきっています。とがった爪の間には、大きな石を、いくつもいくつも持っていました。それは石というよりも、岩と言いたいくらい大きなものです。

船のま上へ来た時、持っていた石を一つ落しました。石はびゅーっとうなりを立てて落ちて来ました。さいわい、それは船にはあたりませんでした。すぐ近くの海がまっ二つにさけて、船のまわりには、海の底《そこ》の砂のまじった波が、まるでかべのように立ち上りました。

やれうれしやと思って、上を見上げると、まあどうしましょう、もう一羽、ロックがやって来ているのです。そして、しっかりとねらいを定めて、今にも石を落そうとしているのです。

ああ、とうとう船はだめでした。みじんにくだかれてしまいました。つぶされて死ななかったものは、海の中へほうり出されて、波のまにまに沈んでゆきました。

しかし、運のいいことには、私は、浮いていた板にとりつくことができました。そして、足をぶらぶらさせているうち、ある島へつきました。

ほんとうに全く、この島にこそは、私はおどろいてしまいました。きっと、世界で一ばん美しい島だろうと思います。

今まで、たべたこともないような、おいしい果物《くだもの》や、それはそれは美しい花が、そこら一面にあって、きれいな小川が、さらさらと流れていました。

私は、これまでのおそろしさも、つかれも忘れてしまって、涼しい木《こ》かげに休みました。

あくる朝、散歩《さんぽ》かたがた、果物を取りに出かけました。そして、何だかあわれに見えるおじいさんが、小川のつつみに、じっとすわっているのに会いました。その人は、大そう年をとっているらしいのです。そして、さもさも弱っているようでした。私は大へんかわいそうになってしまいました。それで、

「もしもし、ここで何をしていらっしゃるのですか。難船《なんせん》でもなすったのですか。」

と、聞いてみました。

けれども、そのおじいさんは、悲しそうに首をふっただけでした。そして、

この小川を渡《わた》らせてくれと、手まねでたのみました。

私は、きげんよく、よろしいと言って、しゃがんで、その人を肩ぐるまにのせました。おじいさんは、思ったよりも重うございました。

私は小川を渡りました。それから、その人をおろそうとしました。するとどうでしょう、おじいさんは、おりようとはしないで、両方の足でますます私の首を強くしめていくのです。私は息《いき》ができなくなりました。そしてとうとう、あっと言ったきり気をうしなってしまいました。

それからしばらくして、気がつきましたけれど、やっぱりおじいさんは、私の肩にまたがっていました。そして、やせてとがったそのひざで、私をうんうんつきはじめました。それがとても痛《いた》いのです。私はたまらなくなって、起きて、また歩きはじめました。そして、その人が行けという方へ行くよりほか、どうにもしようがありませんでした。

それよりは、毎日々々、口では言えないほどの苦しみをしました。一分間も、へんなおじいさんは、私の肩からおりようとしないのです。私が寝ている時でも、そうなのです。そして、はじめのように、とがったひざで、うんうん私をついては、おっ立ててゆくのです。そして、自分はしょっちゅう、果物を取ってたべているのです。私も、もとより取ってたべました。そうしなければ、お腹《なか》がすいて、死んでしまいそうですからね。

さて、ある日のこと、私どもは、大へんたくさんひょうたんがなっているところへ来ました。そして、そのうちにたった一つ、中がからになって、ひぼしになっているひょうたんがありました。私はそれをとって、その中へ、ぶどうの汁《しる》をしぼりこみました。そして、日のよくあたりそうなところへ、ぶらさげておきました。

それからまた、あちらこちらと歩きまわって、四五日たってから、ひょうたんのところへ行ってみますと、どうでしょう、おいしいおいしい、ぶどう酒《しゅ》ができているではありませんか。

私は、大よろこびで、ぎゅうぎゅう飲みました。すると、急に元気が出てきて、何だかうれしくなりました。そして、思わず歌をうたったり、おどったりしました。

肩《かた》にいたおじいさんは、びっくりしてしまいました。そして、手まねで、自分にも飲ませてくれ、と言いました。私は仕方がないので、ひょうたんを渡しました。

そのひょうたんは、大へん大きなものでした。それで、お酒もずいぶん入っていたわけです。おじいさんは、それを一しずくも残さないまで、飲んでしまいました。それから、へんな声で、何かしゃべりはじめました。そして、しだいに、足をゆるめてゆきました。

私は、この時とばかり、うんと力をこめて、おじいさんを、地面の上へほうり出しました。おじいさんは、投《な》げ出されたまんま、起き上ろうともしませんでした。

私は、やっと重荷《おもに》をおろして、せいせいしました。そして、にこにこしながら、海べの方へ歩いて行きました。

ちょうど海べには、五六人の水夫が、たるを持って、水をくみに上って来たところでした。私を見て目をまるくしながら、

「お前さん、こんな島へ、何をしに来たんだね。」こうたずねました。

私は、船がこわれてからの、いちぶしじゅうを話しました。すると、その人たちは、ますますおどろいてしまいました。そして、

「そんなあぶない目にあっても、助かったなんて、まあ、なんてお前さんは、運のいい人なんだろう。だが、その肩にのっかってたというおじいさんはね、海じじいと言って、そいつにつかまったが最後、助かりっこはないんだよ。」

と、言いました。それから、私を船へつれて行きました。

そのうち、船は大きな港につきました。その港の町の家は、みんな石で作ってありました。

そこで、今まで大へんしんせつにしてくれた一人の商人が、私に、みんなと一しょに、やしの実を取りに行かないか、とすすめました。そして、「これをお持ちなさい。」と言って、大きな袋《ふくろ》を渡しました。それから、「けっして、みんなにはぐれて、かってなところへ行っちゃいけませんよ。みんながするようにするんですよ。」と、言いました。

さて、それから私たちは、ずいぶん遠い、やしの木の森へ行きました。やしの木は、大そう背が高くて、まっすぐで、おまけに幹《みき》がすべすべしていました。私は、これでは、とてものぼれないだろうと思いました。そして、いったいどうして、実をとるのだろうかと、待っていました。

それから、みんなは、うんとやしの木のそばへ近づきました。その時、私は、木の枝に、猿《さる》がたくさんのぼっているのに、気がつきました。そして、その猿は、私たちを見つけるが早いか、ぐんぐん上の方へのぼってゆきました。すると、みんなは一せいに、この猿に向って、石を拾っては投げ、拾っては投げはじめました。

私は、ずいぶんひどいことをすると思いました。それで、「どうして、そんなことをするんです。猿は何にも、悪いことなんか、しやしないじゃありませんか。」と、聞きました。

しかし、すぐに、そのわけがわかりました。猿が、やしの実をもいで、どんどん、こちらへ投げはじめましたから。

私たちは、大いそぎで、そのやしの実を拾《ひろ》って、袋へ入れました。それから、またまた石を投げました。すると、猿も、ますます、やしの実を投げてよこしました。

みんなの袋がいっぱいになってから、町へ帰りました。そして商人に売りました。

私は、それからまもなく、バクダッドへ帰って来ました。帰りみち、方々の島へよって、はっかだの、きゃらの木だの、真珠《しんじゅ》だのを買いあつめました。

そして、家へ帰ってから、それらの品々を売りました。すると、どうして使っていいかわからないほど、たくさんのお金が、手に入りました。

ここで、シンドバッドは、ごちそうを持って来るようにと、言いつけました。そして、ヒンドバッドが家へ帰る前に、また百円やるようにとも言いました。召使はその通りにしました。

次の夜、たくさんのお客さまと、荷かつぎのヒンドバッドとが、いつものところへ腰をかけた時、シンドバッドは、六度めの航海の話をはじめました。

六度《ど》めの航海《こうかい》の話《はなし》

こんどは、まる一年家にいました。その間、また航海に出るしたくをしていました。友達《ともだち》や、しんるいの者たちは、行かせまいとして、いろんなことを言って、引きとめにかかりましたが、私はどうしても、しょうちしませんでした。まもなく、こんどは、うんと長い航海をするつもりで、出かけました。

けれども、この航海は、はじめから、つごうよくゆきませんでした。すぐに、ひどい大あらしにあって、風のまにまに、あちらこちらと流されたあげく、とうとう、船長も、水先案内《みずさき》も、どこをどう走っているのか、だんだん、たよりなくなってゆくばかりでした。

するると、ある時のこと、にわかに船長が、ずきんをぬぎ捨《す》てたかと思うと、ぐんぐんかみの毛を引きむしって、気ちがいのようになってしまいました。

みんなは、びっくりして、ばらばらっと、船長のそばへかけよって行きました。

「どうしたんです、どうしたんです。気をしっかり持ってください。」と、てんでに言いました。

すると船長は、

「もうだめです、もうだめです。船は、あぶない潮《しお》の流れの中へ入ってしまいました。もう二三分したら、何もかも、みじんにくだけてしまうでしょう。」と、言ったのでした。

全くでした。船長の言葉が終るか終らないうちに、船は、きみわるく、すうーっと走り出したかと思うと、見る見る、けわしい山のすその、岩の折《お》れかさなった海岸へ、どんとつきあたってしまいました。そして、粉《こな》みじんになってしまいました。

けれども、みんな、ふしぎに助かりまして、つんでいた荷物と、少しばかりの食べ物と一しょに、岩の上へ打ち上げられたのです。

海岸には、難破船《なんぱせん》のかけらと、まっ白になった骨とが、たくさんちらばっていました。

船長は悲しげに、

「さあ、皆さん。死ぬ用意をしましょう。今までに、この海岸に打ち上げられて、助かった人はないのです。ごらんの通り、後はとてものぼることのできない山ですし、また、助け船が来ることのできるところでもありませんから。」と、言いました。

しかし、そうは言っても、食べ物をみんなに分けてくれました。ともかくも、生きていられるかぎりは、生きていた方がいいと思ったからでした。

さて、この島で私がおどろいたことは、大へんきれいな川が、山から流れ出ているのですが、それが、海へ流れ入らないで、海岸にそって少し流れてから、また、山すその岩でできている、ほら穴の中へ流れこんでいることでありました。そして、そのほら穴の中をのぞいてみますと、その入口の岩は、宝石がはめこんであるように、たくさんきらきら光っています。川底《かわぞこ》にもダイヤモンドだの、宝石だのが、ちらばっていました。それから、海岸の、どんなすみっこのようなところにも、難破船《なんぱせん》から打ち上げられた荷物が、ころがっていました。

さて、私の仲間は、食べ物がなくなるにしたがって、一人々々と死んでゆきました。それを私は、次から次とうずめてやりました。

そして、とうとう、私一人になってしまいました。私はもともと、何でも、ほんの少ししかたべないたちでしたから、それで私の食べ物が、一番おしまいまで残っていたのであります。

「ああ、悲しいことだ。私が死んだら、だれがうずめてくれるのか。ああ、どうしてももう、自分の国へ帰ることはできないのか。」

ある日のこと、そんなことを思いながら、川のふちを歩いていました。そして、岩穴の中へ流れこんでゆく水を、じっと見つめていました。そのうち、ふと、ある考えが浮かびました。

それは、この川は、一たんは山の中へ流れこんでいるけれど、きっと、またどこかへ流れ出ているにちがいない。そして、この川を下《くだ》ってみたら、ひょっとしたら、助かることができるかもしれない、ということでした。

それから、急に元気が出てきて、海岸にちらばっている、木や板を拾《ひろ》って来て、丈夫《じょうぶ》ないかだを組みました。そして、たくさんのダイヤモンドだの、ルビーだの、難破船の荷物だのを、つみました。それから、忘れないで、少し残っていた食べ物もつみました。

そして、よくよく気をつけて、いかだを岸からはなしました。すると、すうーっと気持よく走り出して、すぐに、まっ暗なほら穴の中へ入りました。どんどんどんどん、私はそのまっ暗な中を流れてゆきました。川幅《かわはば》は、だんだんせまくなって、天じょうも、しだいしだいに低くなってゆきました。そして、頭をごつんごつんと打って、だんだん苦しくなりました。それで私は、いかだの上へぺちゃんこに、腹ばってしまいました。

やがて食べ物も、とうとうみんなたべてしまいました。こんどこそ、いよいよ死ぬのだ、と私はあきらめました。そして、いつのまにか、ねむってしまいました。

何時間も何時間も、そのままでいたらしいのです。何だか、がやがやいう声がするように思って、私はふと、目を開きました。

ああ、その時、どんなによろこんでとび起きたか、お察しください。私の目に、青々とした大空が入ったのです。川はしずかに、広々とした、たんぼの中を流れていました。

へんな声だと思ったのは、黒んぼが大勢《おおぜい》よってたかって、私のいかだを、土手の方へ引っぱっていこうとしていたのでした。

私には、黒んぼの言っていることが、ちっともわかりませんでした。しかし、その中にたった一人、アラビヤの言葉を話せる男がいました。それが、こう言うのです。

「まあ、しずかにしていらっしゃい。……あなたはいったい、だれですか。どこからいらっしったのですか。私どもはこの国の者です。たんぼへ出て働いていますと、いかだが流れて来て、その上にあなたがねむっていらっしゃるので、お助けしたのです。さあ、どうか、ここまでいらっしゃったわけを話してください。」

「ありがとう、いや、どうもありがとう。お話ししましょう。ですけれども、その前に、何かたべる物をくださいませんか。お腹がへって、声が出そうもないのです。」

黒んぼたちは、すぐに、食べ物を持って来てくれました。それで、私はやっと力がついて、気分もよくなりましたので、何もかも、くわしく話してやりました。

すると、みんなは、

「この人を、王さまのお目通《めどお》りへ、つれて出よう。」と、口をそろえて言いました。

それから、私に、王さまはセレンジブさまというお名前で、世界じゅうで一番えらくて、一番の金持だと、話して聞かせました。

私は、よろこんで、ついて行くことにしました。もちろん、宝石などの入れてある、こうりも持って行きました。

セレンジブ王の御殿《ごてん》は、大へんりっぱなものでした。私は、まだ生れて一度も、あんなりっぱな御殿を見たことがありません。

王さまは、大そう私をいたわってくださいました。そして、私の申し上げる話を、大へんおもしろそうにお聞きになりました。

そして、私が、どうぞ自分の国へ帰らせてくださいませ、とお願いしますと、すぐに、船を出すようにと、家来《けらい》にお命《めい》じになりました。それから、ご自身で、バクダッドの王さまへあてて手紙をお書きになって、私には、りっぱなみやげ物をくださいました。

こんなにして私は、バクダッドへ帰って来ることができたのであります。

そしてすぐに、カリフさまの御殿へ行って、手紙と、セレンジブ王からいただいたみやげ物とを、さし上げました。

「まあ、このコップは、たった一つのルビーをくりぬいて、こしらえたものじゃないか。おやおや中には、まあ、りっぱな宝石で、もようがかいてあるんだな。おや、これはまた、象《ぞう》でものみそうな、大きな蛇《へび》の皮じゃないか。ああ、背中の紋《もん》がまるで、金のように光ってるな。これさえあれば、どんな病気だってなおせる。」

こんなふうに、カリフさまは、手紙と、みやげ物を持って、大よろこびなさいました。それから、

「さあ、シンドバットや、セレンジブ王が、どんなにお金持で、どんなにりっぱであるか、話してごらん。」と、おっしゃいました。

私は、

「陛下《へいか》、それは、とても私のつたない言葉では、申し上げることができないかと存じます。セレンジブ王は、いつも大きな象に乗っておいでになりますが、おそばには、金色の着物を着た千人の騎兵《きへい》が、つかえているのでございます。そして、王さまの金のほこには、エメラルドでかざりがついております。まあ、申してみれば、ソロモン王のような、くらしをあそばしていらっしゃるとでも

申しましょうか。」

と、お答えしました。

王さまは、熱心にお聞きになりました。そして、私に、ごほうびをくださいました。

私は、家の者や、友達が待っているだろうと思って、大いそぎで家へ帰りました。それから、持って帰った宝物を売って、貧乏人にほどこしをしました。

その後は、しずかに、楽しい日をおくりましたので、今までの、おそろしかったことや、つらかったことは、遠い昔のゆめではないかとさえ、思うようになりました。

これで、シンドバッドは、第六航海の話を終りました。そして、お客さまたちに、あしたの晩もまた来てください、と言いました。

あくる晩、また、お客さまが、みんなテーブルについて、ごちそうがすんだ時、シンドバッドは、いよいよ一番おしまいの航海の話をはじめました。

一番《ばん》おしまいの航海《こうかい》の話《はなし》

さて、六度めの航海の後は、私はもう、けっしてどこへも行くまいと、心にきめていました。もう、ぼうけんがしたいとも思いませんでした。

しかし、ある日、友達を呼びあつめて、ごちそうをしています時、召使の一人が入って来て、

「ただ今、カリフさまのお使《つかい》がお見えになって、だんなさまにお目にかかりたい、とおっしゃいますが。」と、言うのです。

私は、お使を通させて、さて、

「どういうご用でございましょうか。」と、聞きました。

するとお使は、

「カリフさまが、お召しでございます。すぐにおいでください。」と、言いました。

仕方がないので、私はすぐに御殿へ出かけました。そして、王さまの前に出ました。

「シンドバッドや、ひとつお前にたのみたいことがあるのだがね。それは、ほかでもない。わしは、セレンジブ王に、手紙と、おくり物とを、さし上げたいと思うのだが、お前、持って行ってくれまいか。」

と、王さまがおっしゃいました。

私は、はっと首をうなだれました。私の顔は、きっと、死んだ人のように、まっ青《さお》になっていたことでしょう。

「陛下《へいか》、せっかく陛下のおたのみではございますが、私は、もうけっして、旅へは出まいと、神さまにお約束しましたので。」

やっと、こうお答えしました。それから、ぽつりぽつりと、今まで六ぺんの航海で出あった、いろいろさまざまなぼうけんのお話をしました。

王さまは、びっくりなさいました。けれども、どうしても、この使にだけは行ってくれ、とおっしゃるのです。

おことわりがしきれなくなって、私は「しょうちしました。」と申し上げてしまいました。

カリフさまのお使の船は、バクダッドを出立しました。

それから、おだやかな航海をつづけた後、セレンジブの島へつきました。

町の人たちは、大よろこびで、迎《むか》えに来てくれました。

私は、さっそく御殿へうかがって、役人に、私の来たわけを話しました。

役人は、私を御殿の中へつれて行きました。やがて私は、王さまの前に出ました。

王さまは、

「おお、シンドバッド、よく来てくれたね。わしは、あれからも時々お前のことを思い出して、もう一度会いたいと、思っていたんだよ。」

と、おっしゃいました。

私は、カリフさまのお手紙と、見事なおくり物とを、さし上げました。

王さまは大へんおよろこびになりました。

二三日いた後、私は帰ることにしました。そして、自分の国をさして、船をいそがせました。けれども、またまた、帰りの船で、悪いことに出あってしまったのです。

ほかでもありません、私たちは海賊《かいぞく》にあったのです。そして、船はとられるし、殺されなかった者は、みんなどれいに売られてしまいました。

私もまた、ある金持の商人のところへ、どれいに売られてしまいました。

商人は、私を買って帰ってから、

「お前は、職人《しょくにん》かね。」と、聞きました。

「いいえ、商人です。」と、私は答えました。すると、

「では、矢を射《い》ることができるかね。」と、聞きました。

それで私は、できます、と言いますと、商人は、私に弓と矢を渡して、大きな森へつれて行きました。それから、木へのぼれと言いました。そして、

「そこで、じっと番をしていて、象がやって来たら、射るのだよ。もし、うまくあたったら、すぐに知らせにおいで。」と言って、帰って行きました。

一晩じゅう、私は見はっていました。けれども、とうとう来ませんでした。

しかし、夜があけてから、とてもたくさんの象が、ぞろぞろとやって来ました。

そこで私は、矢つぎばやに、五六本、射てみました。

すると、大きな象が一ぴき、ごろりと地の上へたおれました。ほかの象はおどろいて、みんなにげて行きました。

私は、木からおりて、主人の商人のところへ、知らせに行きました。

それから、また主人のつれ立って帰って来て、大きな象を地にうずめ、そこにしるしをつけておきました。こうしておいて、あとで、きばを取りに来るの

です。

その後、ずっと私は、この仕事ばかりさせられました。そのうち、またこわい目にあうことになりました。

ある晩のこと、象が、にげて行くと思いのほか、私ののぼっている木のまわりを、とりかこんで、大きな声でうなりながら、足ぶみをしはじめたのでした。それはまるで、大じしんのようでした。そして、とうとう木の根を、引きちぎってしまいました。

木は、めりめりと大きな音を立てて、たおれてゆきました。私は、あまりのおそろしさに、気をうしなってしまいました。

しかし、すぐに気がつきましたが、その時、象は、その鼻《はな》で私をぐるっとまいて、高く持ち上げ、ぴょんと背中にのせました。私は一生けんめいに、背中にかじりつきました。

すると象は、私をのせたまま、歩き出しました。

やがて、森をぬけて、小山のふもとにつきました。この小山には、私はおどろいてしまいました。白くさらされた象の骨と、きばとで、うずまっているのです。

象は、しずかに、私を地の上へおろすと、どこかへ行ってしまいました。

私は、びっくりして、この象げの山を、しばらく見つめていました。そして、象がこんなにかしこいちえを持っているのに、感心したのでした。

象は、私をここへつれて来て、自分たちを殺さないでも、こんなにたくさんの象げが取れるということを、教えるつもりだったのに、ちがいありません。

私は、ここはきっと、象の墓地《ぼち》なのだろうと思いました。

私はさっそく、きばを二三本拾《ひろ》って、町へいそいで帰りました。主人に、このことを話して聞かせたいと、思ったものですから。

主人は、私の顔を見ると、走って出て来ました。そして、

「まあ、シンドバッドや。私は、あの木の根が掘り返されていたもんだからね、

お前は、死んだものだと、思いこんでいたのだよ。もうもう、お前には会われないとばっかり、思っていたのだよ。」と言って、うれし涙《なみだ》を流しました。

私は、さっそく、象げの小山の話をしました。

主人は、それを聞くと、よろこんで、とび上りました。

それから二人で、一しょに小山へ行きました。私の言った通りだったものですから、主人はますます目をぱちくりさせて、しばらくは物さえ言いませんでした。

やがて、

「シンドバッド、もうお前を、どれいでなくしよう。これからは、お前のすきなようにおし。それから、この象げを、お前も取ったらどうだね。うんと取って、お金をもうけたらいいだろう。……ああ、今まで、私のどれいが何人も何人も、この象がりのために命を捨《す》てたけれど、もうもうこれからは、そんなことをしなくても、よくなったんだねえ。まあ、これだけの象げがあったら、今に島じゅうが大金持になってしまう。」

と、言ったのでした。

それで私は、もうどれいではなくなりました。そして、大へんていねいにしてもらいました。

やがて、象げ船が入って来る時分になって、私は、この島にさようならをしました。そして、象げと、ほかの宝物を船にいっぱいつんで、ふるさとをさして帰って来ました。

バクダッドにつくと、私はすぐその足で、カリフさまの御殿へまいりました。

カリフさまは、私を見て、大へんおよろこびになりました。そして、

「シンドバッドや、わしは、ずいぶん心配していたよ。何かまた、へんなことが起ったのではないかと思ってね。」と、おっしゃいました。

それで私は、海賊《かいぞく》の話と、象の話とを、お聞かせしました。

カリフさまは、びっくりなさいました。そして、私の七へんめの航海の話を、すっかり、金の字で書きしるして、カリフさまのお宝物として、だいじにしま

っておくようにと、家来にお言いつけになりました。

それから私は、家へ帰って来ました。そして、それからは、ずっと、のどかに、家にくらしています。

これで、シンドバッドの航海の話は終りました。それから、ヒンドバッドの方へ向いて、

「さて、ヒンドバッドさん。これで、どうして私が、こんな金持になったかが、おわかりになったでしょう。もう、私が、こうして、のんきにくらしているのを、不《ふ》つごうだとは、お思いにならないでしょうな。」

と、言いました。

すると、ヒンドバッドは、シンドバッドの前へ出て、ていねいにおじぎをして、その手にキッスしました。

「だんなさま、あなたさまは、そんなつらい目におあいになっても、よくがま

んをなすったからこそ、こんなお金持におなりになったのでございます。あなたさまのなすった苦労《くろう》にくらべますと、私の苦労なんか、足もとへもよれないほどでございます。あなたは、きっと、行末《ゆくすえ》ながく、お仕合せにおくらしになるでございましょう。」

と、言いました。

シンドバッドは、この答えを聞いて、大へんよろこびました。そして、ヒンドバッドに、これから毎晩、ごちそうをするから、たべに来るように、と言いました。そしてまた、金貨を百円やりました。

それで、その後、ヒンドバッドは、とうとうシンドバッドのぼうけんの話を、残らずおぼえてしまいましたとさ。

アラビアンナイト

平成十八年二月十五日　第一刷発行

菊池　寛

発行者　大田川茂樹
発行所　株式会社　舵　社
郵便番号　一〇五―〇〇一三
東京都港区浜松町一―二―十七
ストークベル浜松町
電話　（〇三）三四三四―五一八一
装　丁　木村　修
印刷所　大日本印刷

ISBN4-8072-2234-1

テキストは、インターネットの図書館「青空文庫」からダウンロードしたものを基本にしました。
青空文庫　http://www.aozora.gr.jp/